七円の唄
誰かとどこかで
# めぐりあい

永六輔
崎南海子
遠藤泰子
[編]

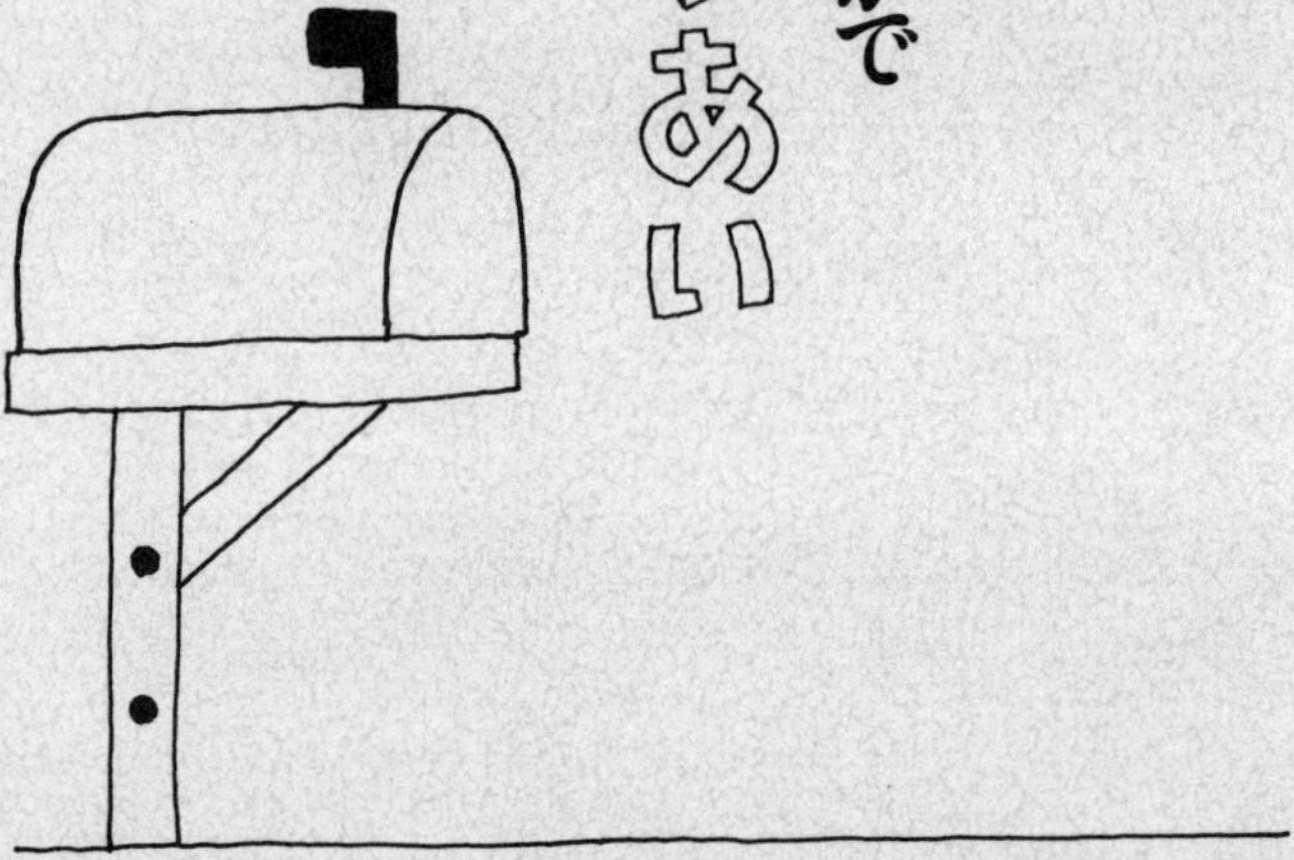

朝日出版社

七円の唄
誰かとどこかで

# めぐりあい

# はじめに

「めぐりあう」というのは、人と人がめぐりあう、人と物がめぐりあう、あるいは春とめぐりあう、雲とめぐりあうなど、いろいろありますが、そのなかの一つに、「ラジオの番組とめぐりあう」ということもあると思います。

ラジオの番組とめぐりあうというのは、何かの拍子に聴くということですよね。つまり、朝からラジオの前に構えてて聴くのではなくて、何かの拍子に、どこかへ行く時に車の中で聴こえてた、どこかの店で買物してたら、その買物をしてる店で聴こえてた。たまたま聴いて、「この番組、面白いな」と思ってはじまった方、いろんな出会いがあるんですね。

スタジオのわれわれのほうは、町角で出会うのと違って、出会ったことに気がついていないわけですよ。だから、「皆さん、今日は」とか、「皆さん、今晩は」とか、「全国の皆さん、聴いてらっしゃいますか」とかって、勝手にいってますけど。リスナーの皆さんが、番組とめぐりあってくださっただけじゃなくて、そのめぐりあったことを大切にして、そのあと、番組にお便りをくださる、そしてそのお便りが郵送され、活字になって出版され、そしてあなたは本屋さんでめぐりあってくださったというわけ。

番組とめぐりあっただけでは、この本は生まれてきません。めぐりあったことをきっかけにかかわりあいを持つようにして、そのかかわりあいが、それぞれの暮らしの中で、楽しいものにつながっていく、あるいは愚痴をこぼすということもあるでしょうし、恨みつらみをいうということもあるでしょうし、いろいろなお手紙が来るんですね。それが全部、番組とのめぐりあいのなかから生まれてきたわけですから、だから、人と人だけがめぐりあうんじゃありません。

つまり、物と物がめぐりあう場合だってあるでしょうし、たとえば、素材と素材がめぐりあって、おいしい料理を作ることもあるし。だから、「めぐりあい」という響きのなかで、人と人だけではなくて、「電波」という、空を飛んでくる見えないものと、あなたがどうめぐりあって、さらにいえば、そのめぐりあいがつながってきて、この本とどうやってめぐりあってくださったのか。

放送を聴いて、本屋さんに行ってくださった方、あるいは本屋さんの書棚で探してくださった方、あるいはだれかが読んでいるのを見て、「あれを読んでみようかな」と思った方、これも千差万別のめぐりあいがあるんですね。そのめぐりあいが、縦横十文字に、布を織るように織り合わさっていて、そのなかの一つの結び目、織り目が、この本になっているという考え方。そう考えながら、僕は遠藤泰子さんとめぐりあって三十六年。泰子さんとめぐりあわなければこんなに長く番組が続いていないでしょう。この二人のめぐりあいが三十六年をかけてきずきあげた、多くの人と人とのめぐりあいを考えると胸がドキドキします。

二〇〇二年　春

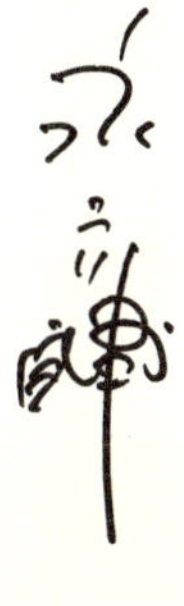

はがきによく似合う唄
はがきが七円の時代に始まって
はがきが五十円の今も
タイトルは値上げをしていません

はがきの値段の変遷

| | |
|---|---|
| 昭和二十三年七月十日 | 二円 |
| 二十六年十一月一日 | 五円 |
| 四十一年七月一日 | 七円 |
| 四十七年二月一日 | 十円 |
| 五十一年一月二十五日 | 二十円 |
| 五十六年一月二十日 | 三十円 |
| 五十六年四月一日 | 四十円 |
| 平成元年四月一日 | 四十一円 |
| 六年一月二十四日 | 五十円 |

七円の唄　誰かとどこかで

# めぐりあい

◆目次

はじめに　2

## 桜

◆

六輔談話　18
それぞれの花　20
桜を見てた　21
一番早く花咲く木　22
あと一度の　23
逝く仕度　24
桜の季節が近づくと　25
かすみの奥は……　26
一年後にまたおいで　27
仁和寺の桜　28
どんな思いで　29
車窓から　30
沖縄の桜　31

## 町角で

◆

六輔談話　34
とっさの一円玉　36
ベランダの洗濯物　37
心弾む日　38
駅までの道　39
教えてあげるね　40
買い物デー　41
願いごと　42

さわやかな光景　43
銭湯で　44
ドキドキの偶然　45

## ◆ 海のような人
——母

六輔談話　48
リエ坊　50
魔法の薬　51
本当はありがとう　52
八十歳の腕立てふせ　53
この母の娘だもの　54
命のせんたく　56
受け継がれる宝物　58
母の手、父の背中　59
十一足の靴　60
六輔談話　62
着せてあげたい　64
しきりと恋しい　65
楊枝を添えて　66
二通の電報　67
ポックリと　68
住んでみると　69
いつでもそばに　70
大事な子なんだよ　71

## ◆木のような人
### ——父


六輔談話　74
田舎の父に　76
父の指定席　77
ことばの意味　78
父と旅する　80
ふる里を歩く　81
時効　82
月に一度の宅配便　84
器量もち　85
父の手ほどき　86
膝かぶ　87

## ◆子供たちよ


六輔談話　90
似てるの　92
おっぱい　93
さぞリアル　94
おとうさんのまね　95
病気だからわかること　96
怪じゅう君　98
これぞ伝承　99
トンビ・タカ・トンビ　100
帰郷　102
同じ空　104

息子からお小遣い　105

## ◆そよ風の季節

六輔談話　108
菜の花のチカラ　110
ポケットのなか　111
春のせい　112
留守番　113
人間は中身　114
トマトの香り　115
チョウを追う　116
花火の夜　117
見えない短冊　118
やさしいお盆　120
昆虫の季節　121
もう秋だもの　122
庭に来る秋　123

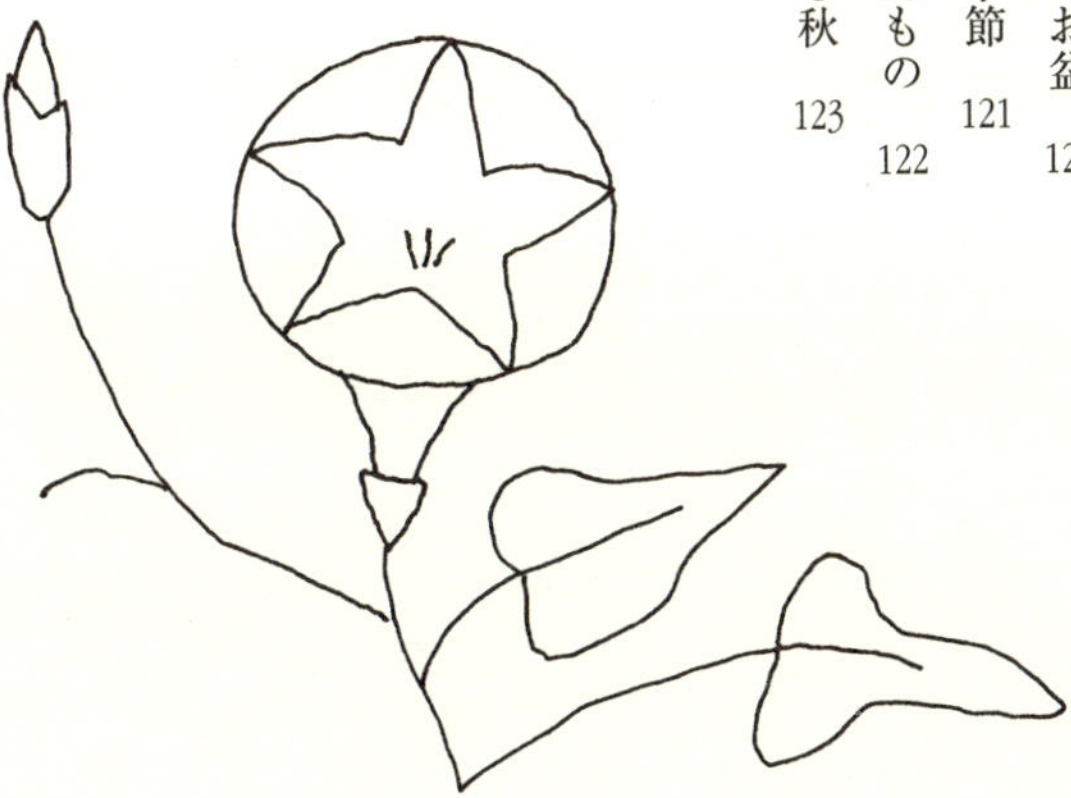

## ◆ 孫よ

六輔談話 126
昭和は遠くなりにけり 128
君からのプロポーズ 129
ジジバカ 130
目に浮かんだよ 131
子供の目 132
夢をはぐくみ 133
女っぽい 134
ピチピチの脳細胞 135
日々習得 136
道草 137
夢は何ですか 138
手のひらのあいさつ 140
やさしい暴走族 141

## ◆ そうしてふたり

六輔談話 144
これからは二人で 146
苦い煮びたし 147
ボチボチと 148
旅行券 149
どう云う譯だ 150
ちいさな愛 151
自由がほしい 152

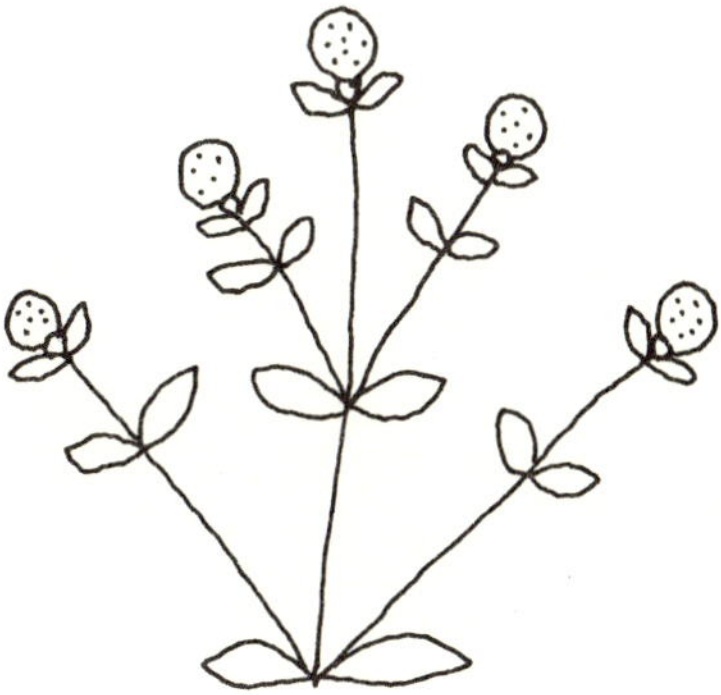

発覚　153
心の栄養　154
シャンソンの切符　155

## ◆わかれ

六輔談話　108
夫が見てる　160
待っています　161
最後のプレゼント　162
まつ毛が濡れる前に　163
大きな買い物袋　164
ななめ向き　165
小さなポスト　166
悔しい母　167
最後のそうめん　168
めぐる悲しみ　170
時はとまらない　171
スイカを買う　172
好物たくさん　173

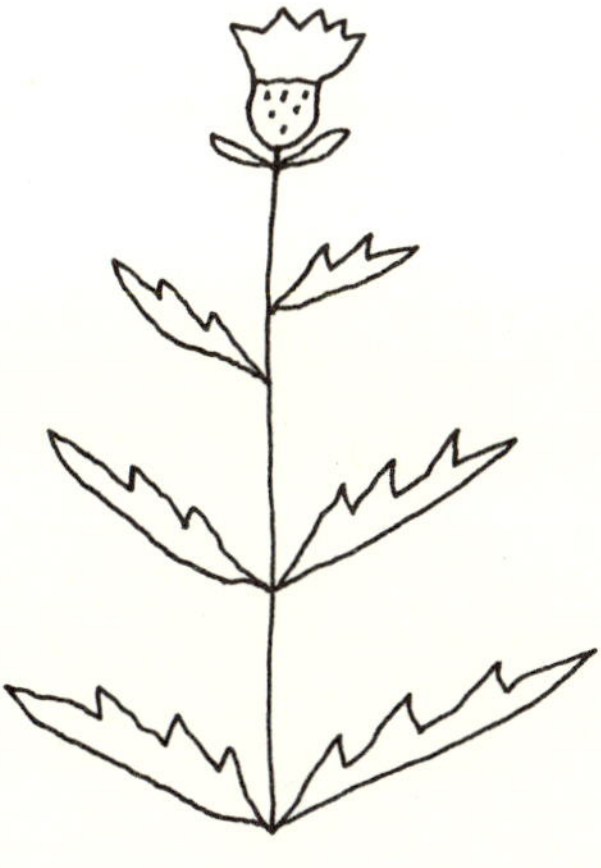

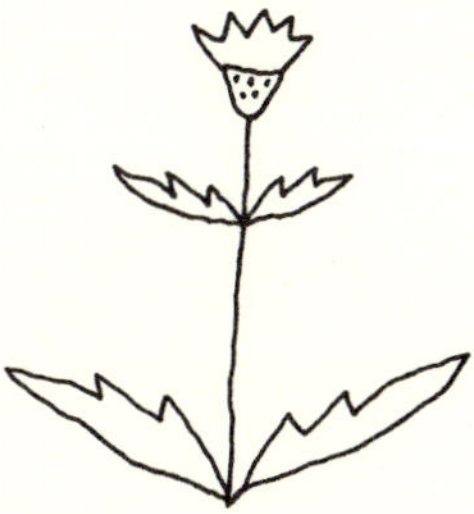

◆

## すきとおる季節


六輔談話　176
車窓の秋　178
さんまめし　179
茶髪の稲刈り　180
おしゃれなかかし　181
月夜と菊と　182
津軽のお嬢さま　183
ブルルとダラリ　184
固いおにぎり　185
御苦労さん　186
ペン先ひとつに　187
新春かるた会　188
節分行事　189
この秋に包まれて　190
餅つきの歴史　191
一番大切な人　192
道に迷った春キャベツ　193


◆

## ある日のわたし


六輔談話　196
おばちゃんの夢　198
旧友と　199
ないしょのワイン　200
金運サイフ　201

映画館まで 202
雪のおかげ 203
人形の顔 204
責任 205
そのひとこと 206
魚になった日 207
二度目の結婚式 208
魚屋に嫁いで 209
駆け落ちの遺伝子 210
天職 211
執着心 212
私は私 213

## ◆はがきのなかの歴史

六輔談話 216
鈴の音 219
おうどん食べに 220
夢のなかのツーリング 219
釣り師の女房 222
ピッカピカの世界 223
三年が過ぎて 224
太陽泥棒 225
迷子のクロッカス 226
朝の蜘蛛 227

◆出会いと別れ——遠藤泰子 230
時間の町で——﨑南海子 232
「誰かとどこかで」全国放送時間一覧表 236

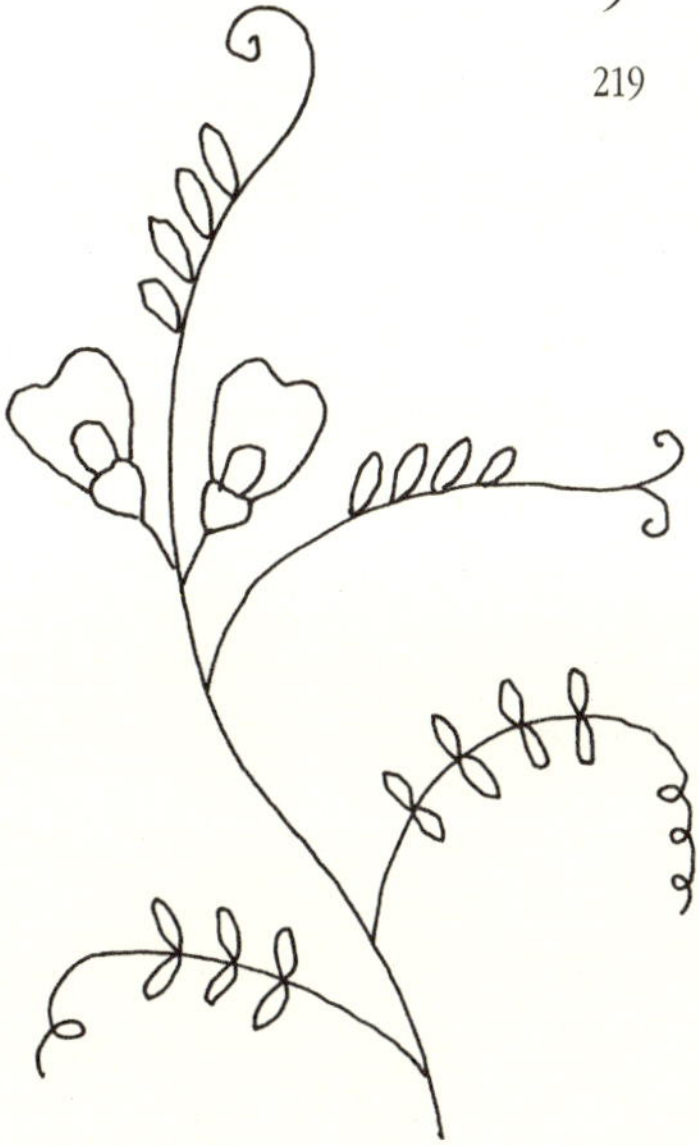

装幀・装画・本文絵――和田　誠
本文デザイン――山口真理子

# 桜

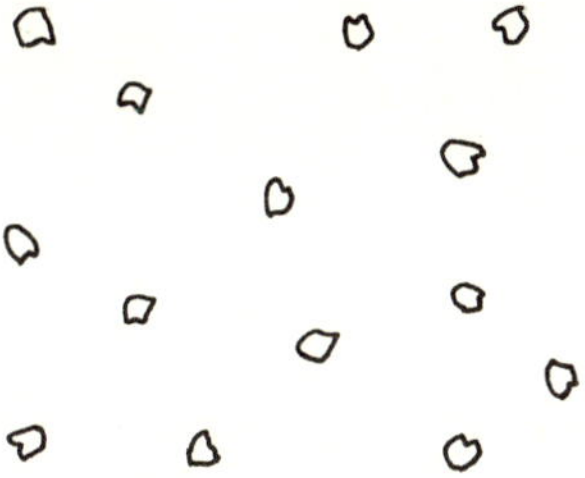

花びらが
夢のなかに降りつづけています

忘れものをしたのですが
なにを忘れたのか忘れてしまいました

うたたねの間に
夢から夢へ
ずいぶん遠くの春まで旅しています

――﨑　南海子

# 六輔談話

## 桜

日本人の感性からいうと、「花」といえば、それは「桜」なんですね。「花は桜木、人は武士」といういい方があります。「花」といえば、それは歌の世界では全部桜のことをさすぐらい、他の花を全く無視してしまう言葉です。「桜以外は花じゃない」という発想が日本人にはあるから。それが上手に使われればいいけれど、戦争につながって、特攻隊の名前になるような、不幸せな歴史が桜にはあるんですね。

それから、日本の桜の花の大部分というのが、もう日本中といっていいと思いますが、日露戦争に勝った時に植えたんです。だから「凱旋桜《がいせんさくら》」という言葉があるぐらい。それが日本中にいっぺんに桜が咲くようになった。

桜だけで考えると、いい話にはなるんだけれども、もとはといえば、「日露戦争に勝った」というお祝いに、たとえば土手や学校の周辺に植えるとか、街道筋に植えるとかということをしてきたんです。やはり「花」といえば「桜」というだけのことはあるんだけど、もとは、「何でここに桜の花があったのかな」ということが気になっていてほしい。

そうすると、桜の下には死体が埋まっているという小説の意味が、だんだん見えてくるような気がします。花だからきれい、きれいだから咲けばそれでいいということじゃなくて。桜の歌のなかに、「散る桜　残る桜も　散る桜」といういい方がありますよね。残る桜も散る桜という。虚無的というか、花のくせにとても主義主張としては虚《むな》しい感じがあるところ、そこが不気味な花だと思います。

## それぞれの花

埼玉県岩槻市　富樫二三子《ふみこ》〈56歳〉

春はつらいことばかりだったので、桜は嫌いという友達がいます。
満開の夜桜は、妖艶《ようえん》でこわいという友達がいます。
雨に打たれて散る桜が、可哀想《かわいそう》という友達がいます。

念願だった吉野山へ行って来ました。
雨だったけど、ただただきれいと、
時のたつのも忘れて眺めていた私は、幸せ者……かな？

## 桜を見てた

富山県東砺波郡　畑真理子〈31歳〉

父と妹が結婚式のことではげしく言い争い、妹は泣きながら家をとび出して車でどこかへ行ってしまった。

「どこへ行ったのか」と家族一同心配し、母は父に「ちょっと言いすぎたんじゃないの」と言ってみたりしている。

婚約者の所へでも行ったのか、友人の所に居るのじゃないか、とみんなでオロオロしていると、二時間ほどして妹が帰って来た。急いで問いつめると「桜を見に行っていた」と言う。頭を冷やしてきたらしい。母はまだ父に「もうきつく言ってはいけませんよ」などと言っている。

結婚式がどういう形になるかはともかく、泣き虫だった妹は六月に花嫁になって大阪へ行く。

# 一番早く花咲く木

神奈川県横浜市　河野正《ただし》〈47歳〉

三月十七日、朝から雨。

昨日からの暖かさのためだろう。横須賀線の線路わきで、今年一番の桜の開花を見る。去年も、この桜の木が一番早かった。去年はこの桜の花の下を通って、何度か母を病院へ送り迎えした。

最後に連れて行った頃は、満開をとうに過ぎていたはずだ。母は四月二十九日に逝《い》った。父の三回忌を目前にしてだった。

二人は仲が良いんだろう。今ごろはどこかで、二人で花見、かもしれない。

# あと一度の

埼玉県深谷市　荒木良江〈48歳〉

長男と何回の式に出席したでしょう。
つないだ手を離さなかった保育園の入園式。
いつもいつも寒かった卒業式。
思い出すのは満開の桜のなかでの桜ヶ丘小学校への入学式。
学校の名前と、桜がきれいで嬉しかったですね。
兄妹三人一緒の入学式は、朝起きたら大雪で、式も掛け持ちしました。
あなたと一緒の式はもう一回だけ。
明日のあなたの結婚式。
それは私達の卒業式。

## 逝く仕度

岐阜県中津川市　牛丸朝子〈56歳〉

桜が散り始めましたが、まだこの桜が二分咲きの頃、大切な友達がこの世を去ってしまいました。

亡くなる二週間前に入院先の外泊許可を受けて自宅に帰り、心に残っていることを片づけたそうです。大切に育てた花が咲いているか、つらい体をおして二階まで見に行きました。今までに写した写真を見て思い出を語って、自分の葬儀に使う写真をきめました。通夜に使う座布団を家の人に確認しました。私には綿の木の種をまく時期を知らせてくれました。

「この家も見納めね」の一言を残して、病院へ戻って行きました。

孫の入園式と葬儀が重ならなければいいと心配していたけど、一日ずれた暖かい日でした。年下の彼女に見事な死に方を教わりました。

# 桜の季節が近づくと

埼玉県川口市　林千代子〈50歳〉

春の風が肌に気持ち良く感じられる頃になると、
あなたを思い出します。
桜の季節が近づくと、
桜の季節にあなたと会った時のことを思い出します。
子供の頃から知っていたあなたでしたけど、
桜の木の下で出会った夜が、
はじめて心の向かい合った日だったように思います。
約束は守ってくれているでしょうか。
昼の南風が、夜は冷たい風に変わった土曜日の夜だから、
あなたを思い出してしまったのです。

# かすみの奥は……

埼玉県比企郡　太田文《ふみ》〈72歳〉

主人の一周忌も過ぎホッとひと息。気も落ち着いたところへ、息子に突然吉野山へ行くかと云われ、「あっ、行く、行く」

六十年もあこがれ続けた吉野山。小学六年の時の国語の教科書にあった吉野山。なぜかその美しさが脳裡《のうり》に焼きついてしまった。

娘が奈良へ嫁ぎ、主人と二人でゆっくり吉野山へ行こうねと云っていたのも束の間、主人は脳梗塞《こうそく》で倒れてしまった。それから十年間の介護。吉野山の夢も消えていた。今、息子に云われて、それが実現しようとしている。

夢は満開の吉野山に登っている教科書の絵。

「吉野山　かすみの奥は知らねども　見ゆる限りは桜なりけり」

# 一年後にまたおいで

静岡県清水市　森田さな江〈47歳〉

桜が満開の四月四日、娘は留学のため成田を出発。送って行く道の両わきの桜がとてもきれいで、一年間がんばっていろいろなことを学んでおいで、と励ましてくれているかのようでした。

主人と二人きりになり、ことば数が少なくなった帰りも、桜は来年も今年以上にきれいに咲くのを約束するから心配しないで、一年後、お花見気分で迎えにおいでといってくれているような感じで家にもどって来ました。

娘はニュージーランドへ行きました。来年の桜の開花が待ち遠しい母です。

# 仁和寺の桜

愛知県津島市　大橋和子〈59歳〉

今年の花見は、京都仁和寺《にんなじ》の御室桜《おむろさくら》を見に行ってきました。なんでも世界遺産の一つとかで、枝が上には余り伸びず横に大きくなって、下に向かって花が咲くというめずらしい桜でした。目の高さでまぢかに花が見られて「わぁ、きれい」と思わず声を上げてしまいました。ソメイヨシノの花はもう葉桜になっていましたので、御室桜の美しさがひときわ華やかでした。庭園も広くて美しく、木々の緑がまぶしく映えていました。

はじめて訪れた仁和寺がこんなに品格のあるお寺とは知らなかったのが、ちょっと口惜《くや》しい気もしましたが、今年もこんなにすばらしい桜がみられて幸せな一日でした。

# どんな思いで

愛知県犬山市　関屋美津江〈49歳〉

例年より早い桜前線が北上を続けている、おだやかな朝だった。

友だちの息子さん急死の知らせに言葉を失った。部活に行くため、学校に向かって自転車を走らせている時、トラックに当たって即死。十六歳のまじめな高校生。きれいな死に顔だった。それから出棺まで二日間は、すさまじい雨、雨、雨……。

春休みが終わって桜が満開となり、やさしい風が吹くなかを、たくさんの新入生が手を上げて道路を渡ってゆく。神様から預かった尊い命。大切に、大切にしなくては……。このやさしい風を、そしてきれいな四月の花を、友は、どんな思いでこれから迎えることになるのだろう。

# 車窓から

千葉県松戸市　太田美枝子〈50歳〉

車窓から、河原いっぱいのゆりかもめが見えた。

「なぜあんなにいっぱい集まっているの？」

それから数日後、今度は私が電車の見えるゆりかもめの河原に立っていた。

「なーんだ、近所の人がエサをあげているんだ」


車窓から疏水《そすい》の桜並木が見えた。

そして、私は桜吹雪のなかから電車を見てる。

今日も私は車窓から、自分がそこに立って見たい風景を捜している。

# 沖縄の桜

沖縄県石川市　東思納千賀子

夏の終わりに桜の花が咲きました。台風の去った後に、毎年咲いてくれる緋《ひ》寒桜《かんざくら》です。二十年前、娘の入学記念に植えた記念樹です。

部屋の増築の邪魔になるので壊すつもりでいるのですが、一年に二度も咲いてくれる一生懸命な姿が「私を切らないで」と叫んでいるようで、私を悩ませています。

幼い頃、叱られるとなぜか明るく振舞っていた小心者の娘によく似た記念樹です。当分、増築は考えないことにします。

# 町角で

鎌倉のゆるくうねる小道は
照れたような春やとりすました秋が
いちばん早くやってくる場所《ところ》です

小道で人は贔屓《ひいき》の木の下にたたずみ
（よその家の木なのに）
今年の花の咲きぐあいを心配します
小道で人はなかよしの猫と挨拶するために
（よその家の猫なのに）
ちょっと遠まわりしていきます

――﨑 南海子

# 六輔談話

## 町角で

町角の魅力というのは、たとえば開発されてしまって、大きなスーパーやデパートができてて、それがまたつぶれてなくなってというように、常にその町の歴史の象徴であることが多いんですね。町角というのは、「角」で、曲がった先は見えません。だからそこに「出合い頭」という言葉が別にあるんです。

角で何が起こるかといえば、出合い頭で事故も起こるし、会いたかった人に会えたりもする。つまり、真っ直《す》ぐな道で、向こうのほうから人が来るのが見えるという状況じゃないんですね、町角というのは。そこがとてもドラマティックだと思います。ドラマティックなんだけれども、不幸せな出来事も幸せな出来事も角から始まるという、それが角のあり方。

だから、たとえば角をいやがる習慣というのが日本にはいろいろあります。一番わかりやすく、今でもしっかりしているのは、沖縄の石敢当《せきかんとう》。必ず角に立ててあって、魔物が来ないように、それから不幸せなものが来ないようにと、そこから避けてくださいという印で立ってます。東京の近くでいうと、川崎の駅前に、あの町は沖縄の人が多いもんだから、同じように石敢当が立っています。

だから、角というのは、そういう場所なんですね。ただ、角なんじゃなくて、何かが起こり、何かが収まり、人が出会い、人が別れ、しかもそれが見えない。それを魅力と思うか、あるいは便利と思うか、不便と思うか。それぞれが皆、いろんな思いで、角を曲がっていくんだと思うんですよ。

# とっさの一円玉

神奈川県横浜市　高野光子〈64歳〉

本と文房具の店で、
隣のレジに中学生くらいの女の子。
「四百一円です」と言われ、百円玉を五個ならべた。
私、とっさに「これ使って」と一円玉をさしだした。
バス停へ急ぐ私の後で、荒い息づかいが聞こえた。
振りむくとさっきの女の子、
「ありがとうございました」深々と頭をさげた。
「おせっかいって言われなくてよかった。こちらこそありがとう」と別れた。

## ベランダの洗濯物

広島県福山市　為清淑子《ためきよとしこ》〈61歳〉

私が車で通る道の側《そば》に二階建てのアパートがある。四年くらい前に、その二階のベランダに乾かしてある洗濯物が目に入った。今では珍しい布のオシメが風に揺れていた。紙オムツを使わないでいるとはきっとやさしい若いお母さんだろうと、ほのぼのとした気持ちになりました。それから可愛い洋服が乾かしてあるのを見かけるようになり、女の子だったんだと思いました。二年くらい過ぎた頃、また布オシメが乾かされるようになり、二人目が生まれたんだな、とよその家のことながら何となく気にしていたお宅でした。先日、久しぶりに上を見上げると部屋の前に「空室あり」と張り紙がしてあり、引越しされたようです。どんな親子だったのか、会いたかったなあ。元気で大きくなられますように。

## 心弾む日

東京都杉並区　内藤いずみ〈32歳〉

昼下がりの電車で、小さな女の子と一緒のお母さんと乗り合わせた。

女の子はお母さんに、

「ナナちゃん、ママのどこからうまれたの」

「ナナちゃん、どうしてママのとこだったの」

この世に生を受けて数年しかたっていないせいか、女の子の興味はつきない。

そんななか「ナナちゃん、うまれてきてうれしくてうれしくて、ジャンプしたくなっちゃう」とピョンピョンと飛び跳ねた。なんだかこちらまで心が弾んだ出来事です。

# 駅までの道

千葉県千葉市　坂尾玖美子《くみこ》〈57歳〉

私の家から駅まで、バスだと往復四百円かかります。片道二十分ぐらいでしょうか、毎日のように駅周辺に用事のある私は、一念発起して自転車で行くことにしました。

乗ってみるとバスとそんなに時間が変わらないことがわかりました。暑いなか、大きい帽子に手袋をつけて完全防備のいでたちでペダルを踏みますが、坂道が多いのが困りもの。でもそんな時「四百円、四百円」と呪文のように唱えると力がわいてくるのです。

子供に「お母さん、ちょっとのお金をケチって日射病にでもなったらどうするの」っていわれますが、四百円は私にとってちょっとのお金じゃないのです。これを貯《た》めてアッという物でも買って、びっくりさせてやりましょうか。

# 教えてあげるね

岩手県胆沢郡　小川和子〈59歳〉

最近、運動不足解消のため歩くようにしている。いつも散歩する道で学校帰りの三、四年生ぐらいの二人の女の子とよく会う。

「こんにちは」と声をかけてくれた。

「あらこんにちは。お勉強してきたの？　何の勉強が好き？」と私はたずねてみた。二人の女の子は声をそろえて「算数」といった。そしてランドセルから算数の本を出して大きな声で説明を始めた。

「ウンウン」とうなずきはしたものの、チンプンカンプンの私。

「明日も教えてあげるね」と女の子は言って走って行った。

明日はもっと真剣に聞こうと思った。

# 買い物デー

佐賀県佐賀市　松丸和子〈46歳〉

いつもは車で買物をすますのですが、やさしい風に誘われて自転車で。夫の楽しみの「ビール」といきたいところですが、大学生二人が遊学中と、今春から高校生になった末娘。三人娘の学費に「発泡酒」となり、それもちょっと先の安いお店まで。一ケース買うと得なので、がんばってカゴへつっこむ。ちょっと重くなったペダルをふんでたら、青空市の会場を通ってしまい、こりゃ野菜を買わなきゃと、かぼちゃ、バナナ、ピーマン、イチゴ、春キャベツと、安い買物をしたのはいいけど、今の自転車は荷台がなく、背中のリュックにギューギュー。ヨッコイショと、自転車こいでたら、なんだか背中に娘を背負って、買物に行っていた時がこんなだった！　と思い出していた。娘は十六歳になりました。

# 願いごと

愛知県名古屋市　伊藤幸子《さちこ》〈29歳〉

姑《しゅうとめ》が、生後五ケ月半になる夜泣きのひどい次男を、かっちん玉祭りに連れて行ったらどうかとすすめた。

私はカゼのため家に残り、夫、長男、次男をお祭りへ送り出した。

りんごあめを買ってきた夫に「神様に夜泣きが直るようにお願いしてきた？」と尋ねると
「二人の息子が健康でありますようにと、お願いしてきた」と言った。

そうだ、それ以上望んではバチが当たると思った。

**かっちん玉祭り**
安産や子どもの健康祈願など出産育児に関わる祭り。かっちん玉とは、てっぺんにへその緒を模した突起のついた巻貝型の棒つき飴のこと。

## さわやかな光景

長崎県佐世保市　古賀金次郎〈60歳〉

昼下がりの横断歩道の手前で信号待ちしていると、五月の風に似て、颯爽《さっそう》とフロントガラス前を通る熟年夫婦。それも腕を組んで、なんと嫌味《いやみ》のない姿だろう。

それにくらべれば、私は結婚して家内と幾度腕を組んで歩いただろうか、記憶をひもといても思い出せないほど遥《はる》かな出来事です……。

渡り終えた二人は、と思い目をやるとなんと、あれ！　挨拶している男性は目が不自由な人で、白い杖を持っていた。背筋を伸ばしたキリッとしたご婦人は、何事もなかったように人ごみにまぎれた。

# 銭湯で

富山県富山市　鏡田恵子〈62歳〉

私は、夕方の空《す》いている時間を選んで銭湯へ出かけるのですが、その日、番台の人は電話中。脱衣場に入ると、なんだかとても賑《にぎ》やか。そのうち次第に状況がわかってきました。ご近所の方が、洗面道具をすべて置き忘れて帰り、おうちの方から電話での確認があったらしい。黄色の桶で、石鹸《せっけん》の他にアカスリが入っていたとか。そこいらの人たちが、やれ入っていないなどガヤガヤ……。しまいに大笑いになって「もうすぐ、わしらの番だちゃ」と。なんともはや、なごやかムードになりました。

# ドキドキの偶然

神奈川県相模原市　児玉明弥《あけみ》〈54歳〉

急行電車にギリギリで間に合い、ラッキーと思ってつり皮に手をやった。息を整えていると、となりに立つ人の本に目がいった。マイナーな作家の本だったから、どんな人が読んでいるのかと気づかれないように顔を見た。私が一番きれいだった頃、気になっていた人だった。急に胸がドキドキしてきて、とりあえず後ずさりして降りる態勢に入り、別の車両に移った。ドラマにありそうな場面だった。

# 海のような人

――母

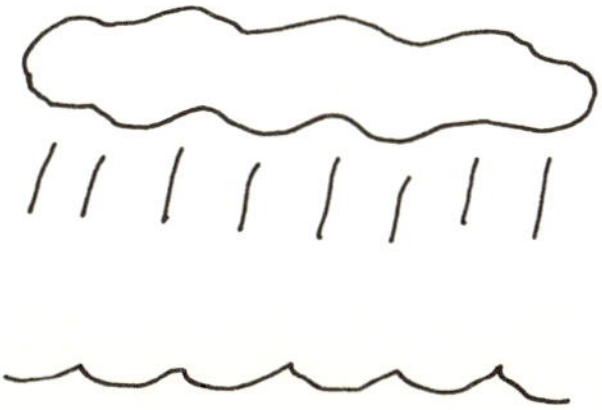

涙と海水のしょっぱさは同じくらいです
四十億年をこえて涙はおぼえているんです
命は海から始まったことを

海とむかいあうと
体にまとわりつく日常の殻が
ぽんと弾け飛びます
安心が胸にどっと注入されます
私は私　今は今
波がいい声でくりかえし歌ってくれます

――嵜　南海子

# 六輔談話

## 海のような人——母

「海」という字のなかには、最初から「母」がいるんですね。だから、海と母というのは、よくつなげて考えるけれども。でも、海でなくても川でも、それが陸でも、森でも、母だと思えば母なわけで、「海＝母」っていう考え方は違うと思うんですよ。

大河のような母もいるし、それから深い森のような母もいる。「母の恩は海よりも深く、父の恩は山よりも高し」という言葉でいえば、海の深さの方が勝ってます。エベレストだって沈んじゃうぐらい海は深い。

その海だって、荒れていれば、海難事故も起きるし、もっと荒れれば津波にもなるしということがあるんだけど、あれは、海の側からいうと、荒れていないと、酸素の供給ができないわけですよね。海が荒れないと、魚は全部酸欠で死んでしまうから。だから、われわれは海が荒れていることを困ると表現するけど、海の側からいえば、荒れなきゃ、しょうがないわけですよ。

そういうふうに考えたら、お母さんが荒れ狂う、つまり怒っているとか、泣き叫ぶというのは、それはお母さんのために必要なことなんです。「海のような人」というのを、もし母親にあてはめるとすれば、つまり、そういう感情が素直に出てくる人、怒るのでも笑うのでも耐えるのでも、見ればすぐわかる、というところが、きっと皆のなかのお母さんに共通する、そこなら海のようなお母さんとつながってくるんだと思いますね。

# リエ坊

埼玉県越谷市　髙橋春雄〈52歳〉

私の母は、今年八十三歳になる。名前はリエといい、妹夫婦と一緒に住んでいる。

この母がすました顔して、私達の心が傷つくことを平気でいう。

私達がムッとして一瞬静まり返ると「あっ、わたし昼寝の時間だ、寝なくっちゃ」といって、そそくさと自分の部屋に入って行く。

少量ですが酒が入ると、とても陽気になり、最後は昔の話とともに大泣きをして布団につく。

その母を、妹夫婦と姪っ子はリエ坊と呼んでいる。

# 魔法の薬

岐阜県羽島市　石原いその〈34歳〉

私、三十四歳。若いのに、いったいどこが悪いの？　と言われるぐらいの年なのに「オッパイにしこり」をみっけた時、検査中に泣き出す。鮮血があると、また腎臓《じんぞう》が暴れだしたと、大騒ぎ。雨が降ると、事故を思い出させるむちうちが恨めしい。それでも入院せずに、どうにか保っている。

その特効薬は還暦の母である。「おかあちゃん、恐い」というと「大丈夫、心配ない」と励まされる。副作用の心配がいらない魔法の薬。「心配かけてゴメンネ」というと「母さんは、用なしの人になってしまうじゃないの。いつまでも、見ていたい」と笑う。

お母さんて、素敵な言葉ですね。すべての闇《やみ》を光にかえてしまう。それは、お母さん、あなたです。

# 本当はありがとう

愛知県瀬戸市　加藤啓子〈51歳〉

ある日、母が病院へ行く日。住宅の駐車場まで迎えに行くと、しばらくして重そうな荷物を持ってつえをついた母がひょこひょこと歩いて来た。「なんの荷物だろう?」「そうだ！　今日は帰りにうちに寄ったら?」といったことを思い出した。

我が家に帰って見てみたら、いろんな物が出て来た。自分がおいしかったからと小分けしたえびせんべい、くずまんじゅう、ぶどう、自分で作ったきんぴらごぼう、枝豆はちゃんとゆでてくれている。

〝ふっ!!〟と涙が出そうになるのをごまかして「いいのに……」といってしまった。ごめんね、本当は「ありがとう」いつまでたっても私はあなたの子供なんですね。

# 八十歳の腕立てふせ

山形県東根市　井上美喜子〈51歳〉

誰よりも葉山を好きな父が八十三歳で亡くなって二年。

今では母も八十歳。健康には日々の努力がすごい。自分の歯が二十本、腕立てふせ二十回、ぶらさがり二十回。散歩は毎日一時間、途中ガードレールで腕立てふせ二十回、街路樹の支柱にも二十回。悪天候のときは家で腹筋運動など。こんな老人いるでしょうか。夏は野菜作り。冬は雪《ゆき》掻《か》き、こたつで暖を取るなんて殆《ほとん》どしない。一時「爺ちゃんが亡くなってばあちゃんぼけたね」などとささやかれたこともあった。これはガードレールや支柱に寄り掛かって何かやっていると思われたからだ。腕立てふせをやっていたのだ。

本人に話したら「誰もいないと思っていたら、みている人がいるものだ。うっかりできない」こんな母に、父の分、百歳まで長生きしてほしい。

## この母の娘だもの

福井県坂井郡　石川美栄子〈56歳〉

そっと足をしのばせて階下へ、マッチをすって、家に一つしかない柱時計に火をかざす。午前三時五分。〝あっ五分ねすぎた〟

大いそぎでかまどに火をつけ飯を炊《た》き、七輪《しちりん》に火をおこし煮物をつくる。そして、小姑《こじゅうと》三人と自分の弁当四つをつくる。家中の掃除をすませ、七ヶ月になる子を背に六時始業の工場へと道をいそぐ。機《はた》のかたわらに子を置き、乳をふくませ、機を織る。オムツを換えて機を織る。夕方六時の終業までひたすら機を織る。

いそいで帰宅、夕飯の用意、あとかたづけ。それがすめば大家族の縫物がまっている。十一時まで夜なべ仕事。もらってくる給料は三十五円、舅《しゅうと》に渡して、そのうち二円だけが母の小遣い。

父は結婚後も二年間、母を舅、姑、小姑のなかに残し、すし屋に住込みでお礼奉公を続けていた。筆まめな父が、三日に一度必ずよこす手紙だけが母の支えであったそうな。

そんな働きづくめの母が逝って二十五年。時々私はこの母の頑張りをおもい、この母の娘だもの、怠けられないなあと思うのです。

母は大正二年生まれ。これは昭和八年頃のことです。

# 命のせんたく

福島県郡山市　遠藤幸子《さちこ》〈49歳〉

義理の母を介護して、四、五年になるでしょうか。

最初は何を言われてもニコニコ、気にしない、気にしないだったのが、いつの間にか、気がついてみると、イライラ、セカセカ。

そんなある秋の日、娘が、

「お母さん、もみじ狩り、行きたいって言ってたよね。明日、連れて行ってあげるから」とのこと。

母をリハビリに送り出し、急いで身支度。

天候は小雨、でも、せっかく来たんだから……と、はじめての裏磐梯《うらばんだい》五色沼《ごしきぬま》ハイキングコースを散策。この一時間が、なんとすばらしい。透き通るような湖に、まわりの木々の紅葉。あまりのみごとな光景に、私は目も心もうばわれてしまい、何もかもスッキリ忘れてしまいました。

一年中いつも、バタバタと家の中を走りまわってばかりいた私だけど、たまには、心のせんたくも必要なんだなぁーと思いつつ、その翌日、自分でも「どうして……」というぐらい、やさしい言葉づかいをしている自分におどろき、そして、娘へ、ありがとう。

# 受け継がれる宝物

東京都調布市　平塚登美子〈58歳〉

今度、家族と離れて住むことになった。
足が悪くて寝たり起きたりしている八十五歳の老母に「ぬか床ちょうだい」
といったら、いつもやさしい老母が「駄目」と強くいった。
老母が嫁ぐ時、祖母からもらってきたというぬか床。
戦争の時も、入院した時も、祖母や姉がかきまぜてきた老母の宝物。
今は、弟のお嫁さんが手袋をはめてかきまぜている。

# 母の手、父の背中

埼玉県行田市　長谷川千代子〈39歳〉

四月から高校生になる長男にと、実家の両親が入学祝を持って来てくれた。

「いつまでたっても、お父ちゃんとお母ちゃんに迷惑をかけちゃうね」という私に
「いいんだよ、これが生きがいだし、仕事をする張りが出るんだからさぁ」

と、お茶を飲みながらいってくれた母の手は、あかぎれで皺《しわ》だらけでした。

朝、五時に起きて、今でも仕事に行く母には、頭が下がります。

帰り支度をする母に、「ほら、行くぞ、しっかり立って」という父。腰もすこし曲がった母と、昔、骨折した足が痛むという父の後姿を見送っていたら、鼻の奥がツーンと痛くなりました。

# 十一足の靴

埼玉県所沢市　小高《こだか》てる子〈68歳〉

あと一カ月ほどで九十一歳になる母は、身のまわりのことすべて人まかせにしないで、元気にすごしています。

八十五歳頃だったでしょうか、

「靴を八足買ったわ」とこともなげに云った時は、おどろきましたが、つい最近、また三足買ったと聞かされた時はもうおどろきませんでした。小柄な母の足に合うサイズがなかなか見つからないので、気に入ったのがあった時はまとめて買うのでしょう。特に高級な靴ではないけど、色や形、少しづつ違っていて、服装に合わせて、いつも身ぎれいにしています。

昨年、ひ孫が生まれ、主人が昔七五三の時に着た和服一揃いで、五歳のお祝いの時は紋付《もんつき》袴《はかま》でする予定です。

母が元気なうちにと、袴の紐《ひも》の結び方をたづねたのですが、ひ孫のために「私が結んであげる」と約束してくれました。四年も先のことです。

袴の紐の結び方はおあづけになってしまいましたが、もう結び方を教えてもらうのはやめました。

# 六輔談話

## 海のような人——母

お母さんが亡くなるというのは順番でいえば当たり前の話。日本の最近の平均寿命でいうと、子供が死ななくなってます。平均寿命というのは、大人ではなくその年に生まれた赤ちゃんが、何歳まで生きられるかということですから、そこから考えると、子供を先に失う逆縁というのが、最近はあまりないんですね。

でも、昔はそれが当たり前でした。お母さんが数多く産んだのは、大部分が死んでしまうから。十人産んだうち、五人も六人も死んだというお母さんは、いくらでもいるわけですね。それをお母さんが耐えながら、残った子供を育てていくという、そんな形の母と子の関係が、今、全くとはいわないまでも少なくなっている。何かの拍子に、子供がオートバイで亡くなるとか、病気とか、難病に罹《かか》るとかお母さんが子供を看取《みと》るということもあると思いますが、でも、お母さんから生まれた以上は、お母さんが子供を看取るというのが順序、という感じもするんです。自分のつくった命の最期も自分が看取るという。

順番からすれば、お母さんから亡くなっていくのが普通ですね。そこまで含めて考えて、そこを生き延びた子供としては、お母さんを思う時に、本当はお母さんのつくった命の全部を自分が受け止めてるのではなくて、死んだ子の年を数えて自分をなぐさめながら生きてきた、明治、大正、昭和の初期ぐらいまでのお母さんたちの思いを考えたら、今のお母さんが子供をいじめるということはありえないと、僕は思ってます。

# 着せてあげたい

福岡県福岡市　村上洋子〈59歳〉

いつも利用する近くのブティックで、母好みのパープルのサマーカーディガンが目にとまり、何度も手に取って見る。

「着せてあげたい」しかし、装う母はもういない。

無償の愛をくれた母は、三年前、天国へと旅立ちました。

それでも足はブティックへ向かう。まだあった。買うことはないのに妙に嬉しい。「ちょっと着せて頂きます」鏡に映る姿に母の笑顔が重なる。

すっきりとした気持ちで店を出た私に、さわやかな初夏の風が優しくほほをなでた。

## しきりと恋しい

埼玉県比企郡　窪田トヨ〈57歳〉

母の思い出は、仕事をしている姿しかありません。紙屋と兼業農家だった我が家は、紙を漉《す》く仕事はいつも母の仕事だったから。

さいふは父が持っていましたから、おこづかいも着る物も学用品を買う時も、お金はいつも父からでした。運動会も父兄会もいつも父。

たった一つの思い出は、寒い朝早く起きる母が風が入らぬよう、そっと私のふとんをたたいて起きたこと。

子育ても終え、母の年になって、しきりと母が恋しい今日この頃です。

# 楊枝を添えて

静岡県静岡市　宮崎啓美〈47歳〉

母が使っていたハンドバッグや洋服のポケットから、次々と爪楊枝《つまようじ》が出てきた。

一緒にレストランへ入ると、必ず「ちょっともらっていこう!!」と五、六本をポケットへ。私が「みっともない」と怒ると、少しすねてしまった母を思い出す。

母が天国へ行って三年が過ぎた。今では、私も爪楊枝は必需品。母へ、御飯と一緒に〝はい、爪楊枝〟と供える。写真のなかの母が「サンキュー」と云ってくれたようだ。

## 二通の電報

岩手県花巻市　五内川《ごないかわ》佑子〈52歳〉

昭和四十一年、釜石に住んでいる母に、京都から電報を打った時のこと。「ハハノヒニアタリ……オメデトウ」と打ったのに母に届いた時は「ハハノシニアタリ……オメデトウ」となっていたそうです。間違いは初めてではなかったので別にビックリはしませんでしたが、これが実の親子で良かったね、嫁、姑なら大変だったと二人で大笑いをしたものです。その母も今は亡く、思い出を話すこともなくなりました。

一度目の間違いは、学生時代でした。駅に迎えにきてほしくて、「ハヤチネニテツク」と打ったのに「ハヤメニツク」と届き、田舎だからいい、早めに着く汽車など何本もあるわけではなかったのですから。

**はやちね号**　花巻と釜石の間を走る準急列車。昭和34年開通。

## ポックリと

岩手県紫波郡　佐々木美映子〈62歳〉

週三回のデイサービスを楽しんで帰ってくると、「おもしろかったなぁ」と笑顔で話していた姑が突然にして脳内出血で倒れ、ポックリと逝ってしまった。

八十八歳とは見えない元気な明るい姑であり、リュックを背に山登りをしたり、一人で観光ツアーに申し込んでは、出かける日の朝に「ちょっと行って来るからなぁ」と、三、四日、家を空けることはしょっちゅうだった。

「俺は親の倍は長生きした」と自慢げに話していたことを思い出す。

迷惑をかけずにポックリと死にたいと、ポックリ寺を何度となく旅行の中に組み入れ、参拝していた。姑には御利益があったのでしょうか、本当に思い通りの大往生だった。

# 住んでみると

愛知県春日井市　近藤美登里〈53歳〉

姑の七回忌が行われました。

七年前のある日、突然でしたが、姑が「もう一人では、とても暮らせません」と言いだし、長男の家であるここ、春日井の我が家に浜松から来ることとなり、ともに暮らすようになりました。

私は、しっかり者で勝ち気の姑が大の苦手で、とても暮らせる自信など、ありませんでしたが、住んでみると、とても可愛いおばあちゃんになっていて、「みいちゃん、みいちゃん」と私の名前をよく呼んでくれました。

それから一年、楽しい思い出をいっぱい残してくれたのに、あっと言う間に逝ってしまい、もう六年。今年もまた、おばあちゃんの大好きだった、すいせんの花が庭にたくさん咲きました。

# いつでもそばに

群馬県前橋市　後藤千春〈37歳〉

庭の藤棚の下で母がブランコをこいでいる。
はだしでとび出してだきついた。
「母さんはいつでもおまえのそばにいるよ」
目がさめ、少し幸せだった。
五歳の娘にその話をした。
「よかったね、ママ。ばあちゃんにあえて」という。
また少し幸せになった。

# 大事な子なんだよ

茨城県龍ケ崎市　大月舒子《のぶこ》〈59歳〉

父が突然亡くなった。後を追うように、ひと月後の立春の日、母も亡くなった。八十五歳の旅立ちだった。

母と私は仲良しだった。里帰りした時は、一度切ったこたつをまたつけたりしながら夜中の二時頃までおしゃべりをした。そんな母が痴呆《ちほう》になった。私は里帰りをすると、私の子どものようになった母を散歩に連れ出し、木や花を愛《め》でた。もう熱く語り合うことはなくなってしまったけれど、心の安らぐひとときだった。

母が亡くなる少し前「のぶ子はね、私の大事な子なんだよ」とまわりの人に言ったそうだ。私は今年還暦だ。母を亡くしたが、私は母の大事な子なんだと心に言いきかせながら、これからの人生を生きてゆきたい。

# 木のような人

——父

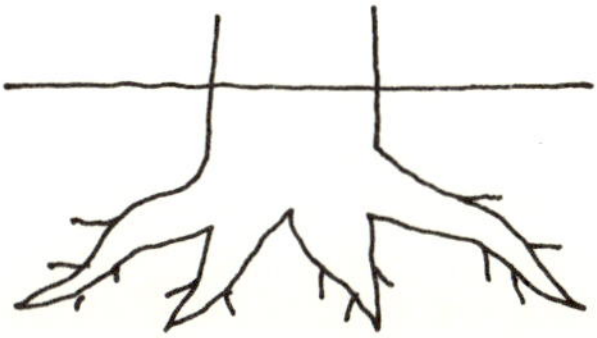

木はいつも私の眼の端にうつっていました
大地に根をくいこませる一本の古木
ごつごつと意思を固めた幹は
夏は緑をひろげ、冬はしんとした影になる
おおきな自然とたたかわないで
でも負けもしないで立ちつくした古木

時はめぐり　木が倒れ去ったあと
かえって確かに
その木は私の胸のなかに立っています

——﨑　南海子

## 六輔談話

### 木のような人——父

進化の話でいうと、われわれは動物で、しかも哺乳類《ほにゅうるい》です。そこをどんどん遡《さかのぼ》っていくと、本来は海のなかのミネラルとたんぱく質というような、命のもとなんですね。そこから分かれてきて、陸に上がってきて木に進化してきた植物、それから動ける動物としての進化をしたもの、それから海のなかに残って、魚として生きているもの、生命を遡ると実は同じなんですね、木も、動物も、魚も、草も。

そこであらためて「木のような人」という言葉を考えると、木はまず動けないんですね。動こうと努力もしません。そういうお父さん、昔いましたね。

大黒柱の前に座ったきり、全く動かないというのは、木のようかもしれないけど、最近は、逆に気を遣って、子供やお嫁さん、あるいは親のために、ちょこまか動く優しいお父さんが増えてますから、今では木というより、犬や猫みたいに跳びまわっている人のほうが多いので、「木のような人」というのは、「動かない」ということに対する憧れやうらやましさがあるのでしょう。

「木」にもいろいろあって、枯木も、檜《ひのき》も、杉も木だけど、「この木なんの木」っていう木もあるぐらいですから、大きさ、優しさ、たくましさなどが、どこかにあてはまるとは思いますけども、どんなに繁《しげ》っていようが、枯れていようが、「動かない」ところがお父さん。お母さんに動いてもらって、いつまでもそこに、根を下ろしたようなお父さんが、皆さん、好きなのかなという気がします。

# 田舎の父に

茨城県稲敷郡　加藤久子〈50歳〉

田舎の父に酒を送った。

後から、ハガキも出した。

「酒旨《うま》かったとか、ありがとうとか、届いたよとか、今まで一度もいってこないけど、今年もお酒を送りました」と……。

投函《とうかん》してから、ちょっと心が痛んだ。

「七十六回目の誕生日、おめでとう」とだけ書けば良かったかなと。

# 父の指定席

埼玉県北足立郡　原悦子〈44歳〉

風呂あがりでステテコ姿の父がおいしそうに一服しながら、仕事から帰ってきた私に気がついて「よお！」と手で合図しています。私も車の窓越しに手を振って返します。

玄関先の大きな庭石が父の指定席でした。野良仕事を終えて、汗を流した後の寛《くつろ》ぎの時を楽しんでいる至福の表情が、私の目にしっかりと焼きついています。

今年の二月、七十歳をひとつ前にして突然の心筋梗塞《こうそく》により逝《い》ってしまった父……。新盆にきた時には、一服できるよう、大好きだった煙草《たばこ》一箱をそっと置いておきます。

# ことばの意味

長野県飯田市　小椋昌子〈61歳〉

夏休みの頃になると父のことを思い出す。

「人の悪口を言ってはいけない」

「人は忘れるということができるからいい……」と教えてくれた父。

今思うと、

「やさしい人間になれ」

「悲しいことも、つらいことも時がたてばうすらいでゆく。強く生きていくように……」と言ってくれたように思う。

父が亡くなったのは、私が夏休みになる数日前、通勤途中の駅で倒れ、小さな町の診療所であった。私が十六歳の夏のことである。

あれから四十五年。

還暦をすぎてようやく父の言った「ことば」の意味がわかるようになった。

そして父と一緒に過ごした生活は短かったが、教えられたことはたくさんあった。

厳しいところもあったけれどやさしかった父。心の広かった父。父との思い出は何十年たっても忘れることはできない。

年を重ねるごとに、その思いは強くなっていくような気がする。

# 父と旅する

茨城県牛久市　内海脩介《しゅうすけ》〈63歳〉

私の父は病で五十二歳で他界した。父は旅が好きであったが、仕事の関係であまり旅をする機会に恵まれなかった。

私は五人兄弟の長男。父が他界した時は二十七歳の独身だった。それ以来、旅をする時は父の写真を名刺入れに納め、私と一緒に国内も海外にも旅をしている。

私の母は八十五歳で健在。このことは母も知っており「お父さんも彼《か》の世で喜んでいることでしょう」と、私の弟妹に話していることをつい最近も耳にした。私は現在六十三歳で父より十一年も長生きしているが、今後も父と一緒に旅をしていきたいと思っているこの頃である。

## ふる里を歩く

長野県諏訪郡　五味ます子〈50歳〉

真っ青に晴れた冬の日、母を連れ出して、散歩がてら、父のお墓参りに出かけた。八ヶ岳連峰は雪化粧して野面《のづら》を風が渡って行く。頑固者とも言われた父が痴呆症《ちほうしょう》を患《わずら》って四年、素直な子供のようになって、楽しみは散歩に出ること。娘が休日にやって来るのを首を長くして待っていた。ここはね、ふきんとうを取った土手。クレソンを摘んだ小川。野イチゴや花を摘んだところ。茸《きのこ》狩りをした雑木林。

父を思うとやっぱり淋《さび》しい。「ふきんとう出ているかもね」「見て行こうか」八十過ぎた母とこうしてふる里の野や山を歩くことができるのは、あとどれくらいあるのだろうか……。

## 時効

静岡県静岡市の消印

二度目の入院からもどり、家庭療養の父。

以前のように目をすわらせ、口角アワをたて、しゃべりまくる顔はなく、さくら色したおだやかな父の顔があった。体のふれるところにメガネ、新聞、たんまり入ったくすり、年金の書類がおいてある。

一度目の入院は糖尿。

少し加減して食べな、というと「おれにめしを食わせぬ気か」とおこり、それならすきにしな、というと「おれを殺す気か」とおこる。

昔から酒ぐせの悪さは天下一品。老いてのわがままなら、わからないこともないでしょう。けれど、あなたと共に暮らしている母は、二十歳の時から。

長男夫婦は、これまた延々と同じ屋根の下。今からでも遅くはない、少しまわりの人たちに幸せを与えて下さいな。

三度目は脳梗塞《こうそく》で入院。

さすがに命が惜しくなったのか、母にいわせると「このごろ、子供のようにすなおになった、面倒みてててもかわいいもんだ」と。

こんな父親いないほうがましと思った幼いころは、遠い昔になりました。もう時効としましょう。今、子供たちは、家の中に新しく風呂とトイレをつくろうかと、ちょっぴり思いはじめています。

# 月に一度の宅配便

愛知県豊田市　檀上《だんじょう》敏恵〈52歳〉

父が逝って早三年。

生前の元気な頃、毎月一回、宅配便が父から届いていました。それも二十三年もの長きに渡ってです。なかみは自分が収穫した野菜や季節の果物。手紙と時には小遣いまで入っていました。

手紙はいつも「元気でいるか」の書き出しではじまり「くれぐれも身体に気をつけて暮らしてくれ」で終わります。私の手元には一通の便りしかありませんが、今ではそれが私の宝物です。

## 器量もち

岡山県笠岡市　木山京子〈45歳〉

一昨年《おととし》、縁日に植木を売りに行って、植木の荷を腰痛のある父が運んでいると、お客さんが手伝ってくださった。

去年は休んだ。

今年は売る場所を変わっていたのに、一昨年のお客さんが捜して来て、手伝ってくださった。仕事のしまいの日には通りがかりの女の人も手伝ってくださったという。

父は昔から自分は動かずに、家族を大きな声を出して使う。

父はずうずうしい性格だが、人を動かす器量もちともいえるのだろうか。

# 父の手ほどき

茨城県結城市　髙山愛子〈53歳〉

最近、亡き父が好んで読んだ吉川英治先生の本に心ひかれ、「宮本武蔵」等に読み耽《ふけ》りながら読書好きだった父のことを思い出しました。農業をしながら、あの忙しい体でよく子供達の宿題を見てくれたものです。そんな父のお陰で私も読書が好きになれたのかもしれません。

若い頃には「新平家物語」十六巻を見ただけで敬遠していたのに、読みはじめると素晴らしい日本語にウキウキ。あれもこれも、読みたい本が増えてうれしいのですが、気がついたことが一つ。余りにも字を書いていないので、すっかり漢字が書けなくなっていました。そこで読書しながら漢字の練習。何十年振りかで文具屋さんでノートを買って書き取りをはじめたら、これが、父に習った小学生に戻ったみたいで本当に楽しいのです。

# 膝かぶ

山形県山形市　鈴木靖子〈57歳〉

年老いた父が電話に出た。「株」の勧誘らしい。父は親からゆずりうけた株を持っているからいらないと断っていた。電話の向こうで「どんな銘柄を持っているんですか」父曰《いわ》く「膝かぶ（ひざがしら）」

またある日、今度は「金」の勧誘の電話があった。父は親ゆずりの大切な金を持っているといっていた。私は大笑いをしてこけてしまった。

普段は無口で冗談一ついわない父。母亡きあと十五年間、もくもくと畑と菊作りをして生きてきた父。そんな父が亡くなって四年。今では主《あるじ》のいない庭の片すみに、思い出したように花がぽつりと咲いております。

# 子供たちよ

まぶしい君の胸から　ある日
駿足のいきものが飛び出して
君自身もおいつけないいまま
都会を平原のようにらくに走りぬけます

生まれたまま　あざやかに
心のまま　危険に
いきものは光にうたれながら
もっと軽く自由に
もうひとつ別の世界まで駆けていきます

——崎　南海子

# 六輔談話

## 子供たちよ

子供の話というのは難しいんです。百歳のおばあさんに八十歳の子供がいたりしますから。だから、そのさらに子供が孫で、曾孫《ひまご》で、やしゃごで、きんさん、ぎんさんにいたると、そのやしゃごの子供たちまでいるわけですね。子供がいる以上は、その子供が八十になろうが百になろうが、もし百二十のお母さんがいたら、百歳の子供を本当に心配する、子供扱いすると思うんですね、子供なんだから。

そう考えると、「子供たちよ」と一般的にいえば、十五歳までの人間諸君とでもいいますか。今の少子化世帯のなかでは、特にこの国の場合は、一人っ子が主流になりつつあります。一人っ子同士が結婚しつつありますね。子供たちがとても気の毒だなと思うのは、そこに生まれてくる子供たちには、最初から伯父《おじ》さんと伯母《おば》さんと、いとこがいないということなんですね。その子たちには、伯父さんと伯母さんといとこの重要性を呼びかけてあげたいと思います。

そこからはじまれば「自分の意志で一人しか産まないんだ」ということも、「一人っ子同士が結婚すると、生まれた子供には伯父さんも伯母さんもいとこもいないんだよ」というういい方をすることで、子供たちがもっと増えるかなという気がします。

# 似てるの

埼玉県鶴ヶ島市　斉藤幸子《さちこ》〈45歳〉

大学三年の娘が「ボーイフレンドがいるの」という。同い年の、ラーメン店に勤める彼だという。私はものわかりのよい母のふりをしていた自分だったことに気づかされ、〝反対〟の一点張りで、めったに泣くことのない娘に涙をこぼさせた。

しばらくして落ちついてからもう一度娘と向き合ったら、写真を私に見せながら「お父さんに似てるの」と一言。四歳で父親を亡くした娘は何も言わずにいたけれど、心の奥深くで父親を想っていたのだ。

彼と一緒に、とてもいい笑顔でうつっている娘の写真の顔をみながら、もう〝反対〟なんていえなくなってしまった。ごめんんね。

# おっぱい

富山県黒部市　能沢《のざわ》一代〈43歳〉

三歳五ヶ月の育未《いくみ》の言葉です。
「おとうさん！　おかあさんのおっぱいさわったでしょう
これ二つともいくみちゃんのおっぱいなのに〜ぃ！
おとうさんはおかあさんからうまれてはいないでしょう!!
いくみちゃんはおかあさんからうまれたのだからね。
おとうさんのおっぱいはおばあちゃんのおっぱいでしょ!!」

## さぞリアル

山形県西置賜郡　小松みどり〈41歳〉

中学一年の息子が「賞状ってやつをもらって来たぞ」と。

この子は皆勤賞ぐらいしかもらったことがないのでびっくりして、どのようにほめたらいいのかボーッと立っていました。クラス通信でも担任の先生から一言あり、この一年さんざん頭を悩ませた子の快挙に喜んでくださる姿が浮かびました。

しかし、学校へ頭を下げに行ったこともこれでチャラにされたらくやしいです。

さて、この度の賞状は非行に関するポスターで、シンナーはいけないという内容だそうです。さぞリアルだったんでしょう。

これからはじまる連休がこわいです。ギターでも始めるよう勧めた方がいいでしょうか?

# おとうさんのまね

愛知県刈谷市　竹内祐司

先日、おふろからあがった五歳の娘が、
つみ重ねてあるタオルの一番下をとろうとして全部ひっくり返してしまった。

「どうして一番上からとらないの!?」

と私が怒ると、

「おとうさんのまね」

え!?　一瞬何のことかわからなかったが、

「ほんやさんでおとうさんがするもん」

笑ってしまった、と同時に恥ずかしかった。どう説明すればいいのかな。

# 病気だからわかること

愛知県蒲郡市の消印

私には、病気と闘っている娘がいます。

いつも心のなかで、不幸になるために産んでしまったのでは……「ごめんね」と心でいいながら暮らしていました。

でも先日、「お母さん、人は死ぬ時に幸せな人生だったと思える人が、一番幸せな人なんだって」……と。

だから私は一生懸命生きるから、私のことを不幸だと決めつけないでねと。

そして、楽しいこともいっぱいあるから、どんなことでも前向きに考えるようにしているの。健康な人にとっては当たり前のことも、私には、こんなこともできる、こんなふうに人を労《いたわ》る気持ちもいっぱいある。病気だからこそわかることもたくさんあるんだよ。

「生まれてよかったと思っているから。今楽しい毎日だからね」と、娘は笑顔でそう言ってくれました。

私は娘に何かしてやれることがあるだろうか。

ただ幸せになってほしいと毎日手を合わせ、この子に頭の下がる思いで、いろいろなことを学んでいます。

## 怪じゅう君

沖縄県糸満市　伊良部良子《いらぶよしこ》〈36歳〉

「子そだては自分そだて」、その言葉を実感する毎日。

我が家の二歳になる怪じゅう君は、これでもか、これでもかと私に難問をふっかけ挑んでくる。「今日は、優しい母さんでいよう」と思うのだが、気づけばゴジラのごとく、小さい息子相手に火をはいている始末。

しかし、子供は「神様からの授かりもの」とはよく言ったもので、決まって最後は、とびっきりの天使の笑顔、私はノックアウトである。

この「神様からの授かりもの」を、産まれた時の、いやそれ以上にきれいな魂で神様にお返ししなければ……。その日まで、楽しい修行を共に重ねていきたい。

# これぞ伝承

広島県広島市　山縣貴子〈30歳〉

四歳半の娘。「まんが日本昔話」のビデオにはまって二年半。いろいろなことを覚えました。囲炉裏《いろり》、かまど、火《ひ》打《うち》石《いし》の手つき。石臼《うす》の挽《ひ》き方。どれも今の生活の中では、なかなかお目にかかれない物ばかり。もちつきの杵《きね》と臼さえも探さなければ見ることはできません。

娘が興味を持った物は、なるべく実物を見せてやりたいと思い探した、古い屋敷を移築したという食べ物屋さん。天井の高さ、梁《はり》の太さに驚き、古民具に喜ぶ。囲炉裏にあたりながら、昔話の一シーンを演じる娘。それをみて訳もわからず「キャッキャッ」と笑う一歳の息子。やがてこの息子も昔話に興味を持つだろうか？　子供達が自分の子供にも、こうして昔話を伝えるだろうか？「伝承」……、そんなことを考えた一日。

# トンビ・タカ・トンビ

三重県鈴鹿市　中山タキ〈65歳〉

昭和十一年生まれの私。

娘時代はやせて、色が黒かった。その頃は、ふっくらとして色白が娘の条件でした。

結婚もあきらめていました、が、縁とは妙なもので二十歳で結婚、二人の娘にも恵まれました。

年頃を迎えた長女は吉永さゆりさん、次女は浅野ゆう子さんに似ていると、うれしい噂をされるほどの美人姉妹？　母も「トンビがタカを産んだね～」と心から喜んでくれました。

娘たちは結婚してめでたく巣立っていきました。

しばらくして、次女が子供をつれて戻ってきてしまいました。

「やっぱり、トンビだったね〜」と、しみじみの私に、次女は
「タカは、高いガケの上に住み、地上の親の姿などゴマ粒にしか見えないと
思う。
トンビは、空をぐるぐる回ってエサをさがし、古巣に一直線に戻ってくる。
老後は、おそばで面倒みさせてもらいます。トンビでよかったと思うけど」
ですって！

# 帰郷

宮崎県西都市　中村玉枝〈53歳〉

「おい、瞬《しゅん》が帰って来たぞ」庭にいた主人の声が裏返っている。

玄関へ出ると、照れ笑いを浮かべた息子が立っていた。

「じいちゃんたちの見舞いに、自転車で来た」と一言。

私はあいた口がふさがらなかった。


主人の両親の介護のため、東京から宮崎に越して一年半。

あの時、子供達は東京に残ることを選択。十八歳の彼は、いきなりの自立となった。何も持たない彼がこの不況のなか、はたしてやってゆけるだろうか。

心配はつきなかったが、せかされるように、それぞれの生活がはじまった。

主人と彼が会うのは、一年半振り。主人が息子に気を使い、私より数倍甘いのには驚いた。

「お父さん変わったネ。オレに、寒くないか？　一枚着ろ、だって」と息子。

息子には驚かされること度々だけれど嬉しかった。お陰で久しぶりに賑《にぎ》やかな食卓だった。ひたすら寝て帰って行った。

そんな息子に、またいつでも帰っておいで、でも今度は電車か飛行機にしてちょうだい。

# 同じ空

東京都調布市　岸沢タカ子〈54歳〉

一九七二年六月。ロンドンの街はシトシトした霧雨の季節が終わり、バラの花が咲き始めていました。私が娘を出産した病院の、部屋の窓のすんだ青い空がまぶしかった。

今年、我が家の赤いつるバラが咲きはじめた初夏。あの時、産声を上げた娘の結婚式。彼女への結婚のお祝いは私のつくったウェディングドレス、と思っていたことが実現し、咲きはじめた赤いつるバラの横を白いウェディングドレスを着て明るい顔で式場に向かう娘……。

生まれた日と同じ、すんだ空を見上げて幸せにと祈りながら、ロンドンの病室の四角い窓の青空を、心細く見上げた日を思い出しました。

# 息子からお小遣い

岡山県児島郡　西幸《さち》子《こ》〈48歳〉

二十一歳の息子にかまをかけてみた。

「暮も近づいて入用が多くって……、今年は五十万ぐらい、小遣いくれるのかな?」もらう気はないのだけれど……。去年、「お母さん、自分のほしいものを買いねーよ」とポーンと三十万を手渡してくれた息子。決して高い給料ではないのです。でも、「セーター一枚も自分のものは買えず、乏しい家計の中から送り物をしている私」を知ってか?「自分の物だけに」と念をおしてくれた息子。

「今年は、不景気であげることできないよ」とおだやかにポツリと言った。やさしさをほのぼのと感じ、去年の三十万円も、ありがたくて、使えなくって、息子の貯金に全部してあるんだよ。

# そよ風の季節

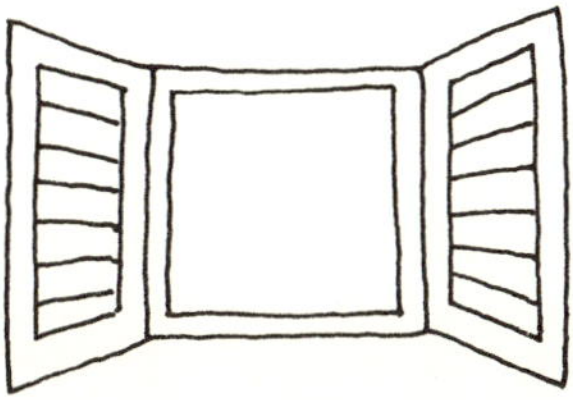

窓をあけます
町じゅうの窓を
部屋じゅうの窓を

やさしいものが吹きすぎていくように
子供の笑い声がとびこんでくるように

窓をあけます
新鮮な未来が満ちるように
心じゅうの窓をあけはなします

――嵜　南海子

# 六輔談話

## そよ風の季節

僕らはラジオを五十年続けてきた人間で、この番組もラジオの仕事ですよね。

そのラジオの仕事を表現するのに、「そよ風」、いい風であってほしい。「ふっと気がつくと、いい気持ちの風が流れているような、そういう番組にしてください」、あるいは「そういう番組だと思って聴いてます」というラジオを風にたとえたお手紙は、結構あるんですね。

風というものは、どこかから吹いてきて、どこかへ消えていってしまう。電波も同じように、どこかから聴こえてきて、どこかへ消えていってしまうわけです。それが耳ざわりな風じゃなくて、ほっとするような、いい気持ちの風、そういうそよ風のような番組でありたいと思いますから、「そよ風の季節」というタイトルは、まさに番組もそうありたいということなんです。

「そよ風のラジオ」といういい方ができる番組に、この番組がなっていけばと願いながら、そういう努力はしてきています。これからも、皆さんがそよ風を感じてくださるような番組にしていきたいと思います。

僕だけが風を起こすのではありません。

遠藤泰子さんというパートナーもいますし、これを選んでくださっている、﨑南海子さんのことも含めた風ですよ。

# 菜の花のチカラ

埼玉県本庄市　仁科富美子《ふみこ》〈60歳〉

主人が、家庭菜園から菜の花の花の部分だけをとってきた。「飾ってー」ゆっくりゆっくり歩いて来たのだろう。少し萎《しお》れていた。水にさすと、どんどんぴんとしてきて元気になっていった。

「すごいねー、菜の花って」と私。

「俺もそんなふうに咄嗟《とっさ》に元気になるといいんだけどねー」笑いながら主人が云った。

「大丈夫よ、ダンスができるようになったんだもの」「そうだよなー」

ある日の二人の会話です。主人は昨年、脳梗塞《こうそく》を患《わずら》ったのですが、今では九十八%なおりました。まるで夢のようです。

# ポケットのなか

福岡県直方市　長木《なが き》恵美子〈55歳〉

かわいい甥《おい》っ子が「おばちゃん、ポッケに、ぼくの大切なものが入ってるよ」その言葉に、何かなと思いながらポケットに手をつっこんでみました。まん丸いものがいっぱい……。握ったまま手を出し、そっと手をひろげたとたん、何と、それは団子虫。私の手のひらで徐々にはい出し、思わず手を払いました。春になると思い出す一コマです。

その甥っ子がこの春、結婚をしました。この辺ではまだ目新しいチャペルの式でした。神父さまに誓いの言葉を尋ねられた時、それはもう大きな声で「誓います!!」。思わずあちこちから笑いが。小さい時からひょうきんなところのあるのは、ちっとも変わってないなあ。大きな誓いの言葉をいつまでも忘れないで、かわいいお嫁さんに愛をそそいでほしいものです。

# 春のせい

岐阜県羽島市　河合和代〈40歳〉

四月、入園式も終わり、保育園に子供を送りに行った時、ふっと気づいた。先生たちが輝いている。

どの先生もきれい。ピカピカ光っている。そのことが不思議だった。春のせいだと思った。春の陽気のせい、春の光のせいだと。それとも新しい子供たちとの出会いのせいかなあ。

しかし、半月もしないうちにピカピカはどこかへ。すっかり、いつもの先生の顔にもどっていた。

# 留守番

大阪府大阪市　上野みね〈63歳〉

新緑の風景を眺めながら空《す》いた電車で、嫁いで十年になる娘の家に遊びに行きました。

連休に入り、娘一家は近所の人たちとキャンプに出かけ、老夫婦の私達は、夜の蛙《かえる》の鳴き声を聞きながら留守番。

次の日より、よごれている物干し場をこすり、風呂場の目地を白く塗り、庭の草むしり。花の苗を買い、孫にグローブを買い、それで満足して、十日くらいで帰りました。

# 人間は中身

北海道札幌市　櫻田和子〈45歳〉

先日、庭の草取りのついでに、フキを取りました。大鍋でゆでてスジを取ると、指がまっ黒になりました。

「あっ！　明日、参観と懇談会があったのに……指が汚れちゃった！」

と私がいうと、小学六年生の三男がいった。

「お母さんいつも僕達にいうんでしょ！　人間は外見でないよ、中身だよ！って」と。

子供たちに日頃いうことを、改めて、自分にいいきかせました。ほんの少しだけ見栄《みえ》をはりそうになりました。

# トマトの香り

東京都八王子市　坂本和泉《いずみ》〈60歳〉

もぎたてのトマトをまるかじりしたら、
青い空の向こうに、子供の頃が浮かんできた。
「ごはんですよぅ。お家に入りなさぁい」
母の声に、遊びの途中をじゃまされたような気分で……。
それでも母の声がぜったいで、しぶしぶ「じゃあまたね」
「手と足をきれいに洗って入るのよ」若々しい母の声も、
井戸の水を汲《く》むガチャガチャという音も、
ほてった手足にひんやりとしみる水のつめたさも、友達の声も、
まるできのうの出来事のように今の私の耳をよぎる。
私はトマトの香りに酔ったのでしょうか。

## チョウを追う

愛知県愛知郡　清水早苗〈36歳〉

誰もいない山奥で、主人と二人でタモを振る。

ギフチョウを追いかけて「そっちへ行ったぞ！」「どこどこ!?」「採れたか!?」

「採れた採れた!!」と大騒ぎ。

目がくらむような青い空に、ひと筋のヒコーキ雲。

シャケとタラコとおかかのおにぎりを食べて、ひと休みしたらまたタモを振る。そんなひとときが私の小さな幸せなんです……。

# 花火の夜

鹿児島県指宿市　竹野桃代〈30歳〉

パーン。パパパパーン。港の方から聞こえてくる花火の音に、もういてもたってもいられない様子で、四歳になる娘が、私と夫の手を引き「花火行くよ」と目をクリクリさせて言います。いつもは嫌で、すぐにはずしてしまう髪のパッチン止めも、今日はもうつけているのを忘れているよう。

港に着き、目の前で開く花火を見ながら、「わー、きれい」と拍手し、はしゃぐ娘。

障害のため成長発達の遅い娘を不憫《ふびん》に思ったり、自分自身を不幸だと思ったこともあったけど、今の娘を見ていると元気がわいてきます。娘は娘なりに、目の前にあるいろんなことをめいっぱいに楽しんでいます。

# 見えない短冊

北海道北広島市　白川久美〈31歳〉

八月七日は、一カ月遅れの北海道の七夕。

息子二人が通っている保育園では、柳に下げる飾りをこしらえたり、短冊《たんざく》に願い事を書いたりする。

五歳になる長男に、何を書いてきたのと聞くと、

「ボクね、お母さんがやさしいお母さんになれますようにって書いた」との返事に、心臓がドキンと鳴った。返す言葉が見つからない。そう書かれても仕方がない鬼ババ母さんだけど、やっぱりショック。

翌日、保育園に行ったとき、恐る恐る天井を見上げると、「ガオレンジャーになりたい」と息子の短冊。

「冗談だったのかな」と思いながら、あれは長男の見えない短冊だったのだ

と気づいた。私の心のなかの柳に下げておいてほしいと頼んだのだ。今までたくさんのお願い事を生返事で流してきたけど、これは無視しちゃいけない。一番目立つところに、ちゃんと飾っておかなくては。時間はかかるかもしれないけど、この願い事はかなえてあげなくては。

# やさしいお盆

群馬県藤岡市　信澤《のぶさわ》勝江〈56歳〉

幼い日以来のふるさとの盆踊り。知らない筈《はず》の盆踊り歌に懐かしさがこみあげてきた。記憶の底に眠っていたのだろうか。

取り壊されたと聞いていた私の生まれた家が現存して、その前に立った時、胸の高鳴りを覚えました。ちいさな手で、祖母を渡良瀬川沿いのトイレまで連れてった道。あんなに遠く感じたのにこんなに近かった。

歴史の中に忘れ去られた町「足尾」。足尾の人達はとてもやさしく、私が昔住んでいたと知り、特別に料理を作って下さった民宿のおばさん。私を長屋（社宅）まで案内して下さったおじさん。

ちょうどこの日はお盆の十五日、心のなかで父に線香を手向け、足尾の人達の温かい思い出を残して夏が行きました。

## 昆虫の季節

愛知県西尾市　浅井あや子〈51歳〉

私、こちらに嫁いで初めて知りました。畑のなかの柿の木にカブト虫がいたんです。

そうそう、初めてと言えば、私が、畑でボーッとしていたら、腰にセミがとまったんです。何か、その辺の大木とまちがえた、失礼なセミ君です。

そういえば、夏も終わりの頃、いつのまにか赤トンボが鍬《くわ》の柄にとまるようになりました。

そろそろ畑の様子も、夏野菜から秋冬野菜の準備に入る時期になりました。

さぁ、腰をシャンとのばしてがんばらなくっちゃ。

# もう秋だもの

埼玉県比企郡　馬渕幸子《まぶちさちこ》〈59歳〉

「ずいぶん大きくなったわね」「もう親と同じくらいよ」「おめめが可愛い！」「うちの子はみんなハンサムだわ」「あの三羽がどうして家《うち》のつばめだとわかるの？　二十羽ぐらいいるわよ」「わかるわよ、生まれた時から見ているんだもの。声でわかるの。それにいつもあそこにとまっていたわ」「わかれの挨拶《あいさつ》に来たのかしら？」「そうね、もう秋だもの」

母はいとしげにじいっとつばめを見ていた。つばめさん、来年も元気でもどってきてね。この母のために。

# 庭に来る秋

千葉県松戸市　山田幸子《ゆきこ》〈63歳〉

九月に入って早々に秋風がそよそよと吹いた。

今年二度目の花を咲かせたトランペットフラワーのサーモンピンクの花が、左右に揺れた。

澄んだ青空の下、へい越しにトランペットの奏でるメロディーが表通りまで聞こえたのかしら。

「綺麗《きれい》ねぇ！　いい色！」通る人の声が風に乗って聞こえる。

今年は秋が早い。もうじき、キンモクセイが咲き、夕暮れの風にいい香りをのせて、家路をたどる人々を癒《いや》してくれることでしょう。

# 孫よ

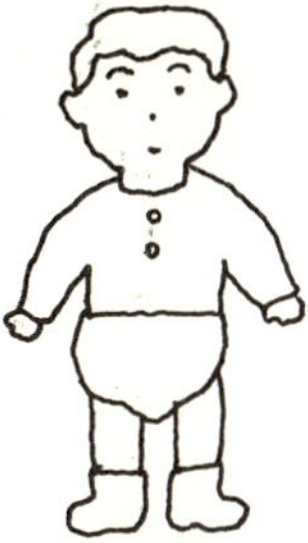

ぴかぴかの命の人よ
ぴかぴかの目にどんな未来が映りますか

未来は過去からうまれるものだから
ちょっと申し訳なさそうに
おばあちゃんやおじいちゃんは　時折
時代の先の遠くが見えてしまうのです

できれば　ぴかぴかの目を通して
ぴかぴかの明日を
ふたりに見せてあげてほしいのです

――崎　南海子

# 六輔談話

## 孫よ

世間一般でよくいうことなんだけど、孫はかわいい、目の中に入れても云々という言葉がありますが、これは祖父、祖母から見ると、孫が「かわいい」というより「無責任でいい」ということなんですよね。かわいいのは、だれだってかわいい。そのかわいさのなかに、ひたすらかわいがっていても、何にも求められることもないし、まあ、お小遣いをねだられるとか、そういうことはあるかもしれないですけど、祖父さん、祖母さんの無責任さというか、ひたすら、ひたすら猫かわいがりという「孫よ」が、一番危険なんですね、孫にとっては。

ですから、やはり「孫よ」という時には、今までわれわれが受け継がせていない、自分が、自分の祖父、祖母、あるいは親から受け継いできたものを、どうやって孫に渡すかということがまずあります。それから先でかわいがる分には構わないけど、まずかわいがって、最後までかわいがって、かわいがってくたびれて、結果的には、「かわいいけど、来ないほうがいい」っていう状況に、日本中の祖父さん、祖母さんがなっているんですよ。

そうではなくて、「孫に何が伝えられるか」というところから、もう一回、孫をかわいがってほしいと思います。

## 昭和は遠くなりにけり

愛知県一宮市　櫻井淑子《としこ》〈63歳〉

小学三年の孫が学校で歴史を勉強している。
娘いわく、昔とは三十年前の昔。孫は昭和が昔だと学んでいる。
昭和生まれの娘と私は歴史上の人物。
昭和は遠くなりにけりと、二人で笑う。

## 君からのプロポーズ

石川県松任市　奥野八重〈54歳〉

とつぜんプロポーズされてしまいました。私にはもう夫がいることを説明したのですが、一緒でもいい、三人で結婚しようというのです。私が世界で一番愛している君のプロポーズは、うれしくって幸せで、胸がいっぱいになりました。もちろんＯＫです。どこで覚えたのか、おませなことをいう孫の啓太。「バーヤン大好き」が口ぐせで、どこへ行くのもついて来て、かわいくって仕方ないけど、甘やかさないように気をつけている。君がテレビ番組のことなど、よく教えてくれるので、私は新しいことも年のわりによく知っているのです。

今日のこと一生忘れないよ。記念すべき日ですもの。でもいつでも婚約解消ＯＫですよ。心配しないでね。明日は四歳の誕生日、すてきな前夜祭でした。

# ジジバカ

愛知県蒲郡市　天野やす江〈54歳〉

「あのさあ、十二月に生まれる」

アメリカに住む娘から突然のＴＥＬに「何がぁ？」と答えてしまった私。生まれた初孫が昨年、満一歳のバースデーを迎え、何とロスで唐草模様の風呂敷に包まれた一升瓶を背負い五、六歩、歩いてるビデオレターが送られて来ました。

ロスに行って八年。その間主人は、娘からのＴＥＬには一度も出たことがありませんでした。それが、孫娘が生まれてからというものは、自分からＴＥＬを受け「大きくなったか」「風邪引いてないか」「今、起きとるか」「しゃべるようになったか」と。これがジジバカと言うものでしょうか？

# 目に浮かんだよ

愛知県小牧市　佐藤和子〈64歳〉

先日三歳の孫娘と電話で話した時のこと。

「あのね、おねえちゃんの運動会に行ってきたの。おねえちゃん、かわいい帽子をかぶったの。おばあちゃん、ちょっと待っててね。私が今、かぶってみせてあげるから」

「あらあら、テレビ電話じゃないのよ」

でも帽子がよく似合うのが見えるようでした。

## 子供の目

岡山県浅口郡　木下節子〈69歳〉

久しぶりにパーマに行ったら、幼稚園の次男が「あっお母さん、きょうは奥さんみたい」と言った。

あれから三十年。今は孫が幼稚園。「おばあちゃんの顔にはどうしてシワがたくさんあるの?」「さあねえ、おばあちゃん作った筈《はず》ないんだけど、神さまにきいて頂戴《ちょうだい》」「どんなにしてきくの?」「さあねえ、電話してみたら?」「ええっ、神さまにきこえるの?」「ねえ、じゃあ、おばあちゃんの顔描いてよ」「はーい」すぐさま愛らしい少女のような顔を描いてくれました。今、夏休み。夕方、庭で花火をする約束をしています。

# 夢をはぐくみ

愛知県日進市　片岡記子《のりこ》〈61歳〉

三歳になったヒロタカが、「ぼく四歳になったら、お父さんやおじいちゃんとビールをのむよ。そしてまんまるじゃなくて、お父さんやおじいちゃんみたいな四角い顔になるよ。それからダンプカーの運転をして、飛行機も運転して、おばあちゃんものせてあげるからネ」

彼にとって、四歳になれば大人になり夢がかなえられる年なのです。

そしてこの私は、ヒロタカが今の夢をはぐくんで、二十年後には念願のダンプの運転免許と飛行機の操縦士の資格を取り、同じようにエラの張った顔のお父さんとおじいちゃんと仲良くビールのジョッキをかたむけている姿を、楽しく想像しているのです。

# 女っぽい

広島県呉市　西道《さいどう》多恵子〈64歳〉

言葉が少し遅かった四歳の孫娘が最近急におしゃべりになり、おぼえた言葉を得意気に話した時のこと。

「おかあさんは女っぽい」「おとうさんは男っぽい」「おにいちゃんも男っぽい」「おばあちゃんは女っぽい」と言ったとたん、九歳になる兄が「おばあちゃんは年寄りっぽいよ」とさめた口調でひと言。

せっかく良い気分になっていたのにと思う反面、ごもっともでございます。

このシワ三十二の顔が女っぽいなんて、どこの世界に言ってくれる人があろうかと。妹にしてみればおぼえた言葉を、ただ使ってみただけのお話です。

# ピチピチの脳細胞

宮城県加美郡　大杉あい子〈63歳〉

四歳の孫は、このごろトランプをおぼえ、誰かれなく勝負をいどむ。両親はもとより小学三年生のお兄ちゃんやおじいちゃんにも、とっくに敬遠されている。

結局、家に居る私がターゲット。わざと負けてやると、いやだとすね、本当に自分が負けるとくやしいと大粒の涙。しかしババ抜きは動物的な勘なのか決してババを引かない、九十九％の確率である。神経衰弱もしかり、圧倒的に孫の勝ち。ピチピチの脳細胞と六十年使い古しの脳とはこんなに違うものか……。そう言えば耳も遠くなりつつあるしと、果てしなく広がる自己嫌悪。はっと気がつけば幼稚園のおかえりの時間。またしてもかわいい顔の「トランプしようね」に白旗を用意せねばならない、おばあちゃんです。

# 日々習得

愛知県一宮市　木村園子〈53歳〉

二日間苦しんだ難産の末に生まれた初孫は、この春で一歳になります。彼女はこの一年の間にミルクを飲むことにはじまり、自分で歩くようになり、このごろではパパ、ママ、とおしゃべりもできるようになりました。はて？　私はこの一年で新しく何を身につけたのかしらと考えますと、恥づかしい気持ちです。彼女を見ていると、よーしやるぞっという気力がわいてくる今日このごろです。

## 道草

愛知県幡豆郡　岡田敏子〈52歳〉

ある穏やかな午後、もうすぐ三歳になる孫と、すぐ近くの愛知こどもの国の事務所へ集金にいきました。

その帰り、砂場でちょっとだけのつもりが、園内を走るランドトレインに乗り、乗り物広場でゴーカート。そして、いつも家で汽笛を聞き、エントツからの煙を見るだけだった汽車にも乗りました。

帰り道、「たのしかったね、ばぁちゃん」の孫の一言に、二十数年前、仕事にかまけて、こんな目と鼻の先のこどもの国にも連れて来てやれなかった、二人の子供達の幼い頃の顔が孫の笑顔と重なって、ふいに涙が溢れて来ました。

たった一時間半足らずの道草でした。「楽しかった、またこようね」

# 夢は何ですか

栃木県足利市　村山絹江〈65歳〉

お母さん　アリがぎょうれつしているよ
お母さん　月がまんまる　光ってるよ
あらこの子　いい感性してるぢゃない
きっと末は博士か　大臣か
母の夢はふくらんだ

おふくろ　小遣いあげてくれよ
おふくろ　いちいち細かいこと言うなよ
おやじ　バイクに乗ってもいいか
母の夢はだんだん遠くかすんで行く

お袋　恋人ができたよ
お袋　結婚するよ
お袋　子供が生まれるよ
お宮まいりだ　おひな様だ　おまけに年子でもう一人
夢見るひまがなくなった

おばあちゃん　おばあちゃん
毎日孫が私を呼ぶ　幸せときかれれば
「はい」と答えるだろう
でも　もう一度夢を見よう
おばあちゃん　あなたの夢は何ですか

# 手のひらのあいさつ

東京都荒川区　岡信次《のぶじ》〈65歳〉

車で一時間ほどの孫のところへ行って来ました。

妻はまっすぐ玄関へ、私は入る前に表の水道で手を洗います。

そして「こんにちは……」と入ると、七歳と五歳の女の子、二歳半の男の子が出迎えてくれます。私が両方の手のひらを出すと、三人が一人ずつパチン、パチンパチンパチンと、小さな手のひらで私の手のひらをたたきます。

じいと孫とのあいさつだ。男の子も、前回より力が強くなったような気がする。あと何年続けてくれるだろう。一年でも永くありたい。

子供の部屋の新しい木製の机には、赤いランドセルがかかっていた。

# やさしい暴走族

千葉県千葉市　内田六子《むつこ》〈67歳〉

末っ子の孫。八歳の誕生日に甘えん坊の孫いわく、

「ぼく大きくなって暴走族になってもママと一緒に寝るんだもんネ」

上の二人は大笑いしたけど、本人は大まじめ。そこで私、

「かっこいい！　暴走族になったらうしろにのせてくれるかなあ」に、

「ウン、いいよ」

「でもさ、あと十年待つと七十七歳だから無理かなぁ」

孫が言ってくれたことは、

「大丈夫だよおばあちゃん、しっかりつかまっていれば」

私はこの可愛いやさしさと、ママの手料理でもう胸がいっぱい……。

# そうしてふたり

一日あれば古い農家を取り壊せます
けれど　土間がつるりと踏み固められ
太い木の梁が美しく黒光りするには
百年の時間がかかります

一日あれば恋はぴかりと輝きます
けれど　夫婦というふたりの間には
喜びや迷いや暮しがふりつもります
十年の歴史の夫婦には十年の時の流れ
二十年の夫婦には二十年が必要なのです

――崎　南海子

# 六輔談話

## そうしてふたり

たとえば、イスラムの世界では、夫婦といっても二人ではありません。第四夫人や第六夫人までいる。「コーラン」でいっても、ごく普通のことです。「奥さんが多くてうらやましい」という人もいるけれど、でも、本当は、多妻制の夫婦も「ふたり」なんです。

五人いても二人、というのはおかしいけれど、二人の関係を最優先しないと、第二夫人や第四夫人が持てない。つまり、第三夫人でも第五夫人でも、「ふたり」という関係を、平等に持たなきゃいけないのが、イスラム式の夫婦なんです。

そういう夫婦もよその国にはいるのだということを、「ふたり」が正しいと思い込んでいる夫婦は、もっと感じるべきだと思うんですよ。もしあなたがイスラムの家に生まれて、イスラム教を信じているとすれば、自分の他に第一夫人もいる、あるいは第四夫人がいるという夫婦のつながりも、常識として、文化として、今、この地球の上に現存しているということを、時には考えてほしいと思うんですね。

二人になると、えてして、相手の一人を拘束しあってしまう。だから離婚率が高くなっていくんです。惚《ほ》れて二人になったのなら、こんなに離婚率が増えるはずがない。ということは、二人になるための根拠が薄いまま、二人になりすぎてませんか、ということでしょうね。そうだとするなら、イスラム主義が悪いとは、僕はいえないと思います。一夫多妻という文化を理解した上でこの国は一夫一妻なんです。

## これからは二人で

宮城県栗原郡　菅原民夫〈52歳〉

日帰りのバスツアーに申し込みをした。出発前日、会社の帰りに、スーパーに寄り、せんべいや板チョコなど家内の好きそうな物を買い込み、リュックに入れた。昭和五十年に結婚して以来、子供が小学校時代に子供会の行事などで出かけた以外、夫婦そろって出かけるのは初めてである。窮屈なバスの座席。隣の席に、二十六年間も一緒に生活してきた家内がいるのに何故か、しばらく落ち着かなかった。「ねえ、ねえ、見て！」と車窓から見える景色にはしゃいでいたが、疲れて小さな寝息が聞こえてきた。横顔を見ると、数本の白髪が見えた。手も荒れてカサカサだった。苦労かけているんだなぁ……。子供達も手がかからなくなったことだし、「これからは二人でいろんな場所を旅して歩こうね」と寝顔に話しかけた。

# 苦い煮びたし

東京都多摩市　淡野信子

二人で夕食をとりながら、夫にきいた。
「あなたにとって結婚とは?」即座に「しあわせ」との答。
私は少しあわてた、もっと違う答を想像してたから。
「あなたは?」ときかえされてとっさに言葉にならず、「うーん」といって
しまい、心の中でちょっとまずいなと思った。
夫は「そうだな、オレが『しあわせ』と言うことは、思い通りに生きてきた
ってことだから、あなたには我慢だよね」私の心を見すかしてしまった夫。
見すかされてしまった私。これだから夫婦って面白い。
二人で歩いて来て、これからも歩く道。同じ答がいいなと、ちょっと苦かっ
たホウレン草の煮びたしをのみこんだ。

# ボチボチと

愛媛県北条市　篠原敬子〈46歳〉

私も主人も人と話すのがヘタである。人付き合いが悪いわけでも、人付き合いが嫌いなわけでもないのだけれど……。

結婚して二十三年。まわりの人からは、夫婦仲がいいねとよく言われる。二人で行動する時間が他の夫婦よりチョッピリ多かったかな。

結婚したいといった時、母が「あの人と一緒になったら、平凡には暮らせるだろうが、おまえの一生、小さくしか生きられないよ」と言った。

今になってそれがよくわかる。人生の先人はさすがだ。

まあ、いいか。ハデに生きるだけが人生じゃないものね。これからもボチボチいきましょうね、お父さん。

## 旅行券

大分県別府市　森澤佳乃《よしの》〈78歳〉

三万円の旅行券をもらった。「お父さん、これを使ってどこかへ行かない」「いいな、少しぐらい足してもいいじゃろ」新聞のチラシをあちこち広げて調べた。外国旅行が多くて、とてもとても金額に合わない。やっと隅の方に「三日間ミステリー旅行」というのがあった。金額もそこそこだ。でもどこに行くんだろう。旅行会社に明日でも聞いてみろよ。階段がある所は困るんだから。そうだ、私達、足が悪くてそろそろ歩いている二人なんだ。ちいさな旅行券なんだけど、私達には大仕事。三万円の旅行券。出発する港から船に乗ってそこで待って、またその船で帰るしかないなぁ。そんな旅行でも、私達は行ってみたいんです。青い海、行《ゆ》き交《か》う船、カモメの群れ、それだけでいい。

# どう云う譯だ

長野県諏訪市　守屋勝夫〈69歳〉

結婚した頃「ちょっと」「ねぇ」としか呼べなかった妻。

子供が生まれたら待っていたように「父ちゃん」と呼ぶようになった。顔を逆さに撫でられたような気がする、と云った人もいたが、何だか最初はくすぐったかった。

それから二十数年、孫ができ、孫はもちろん、子供も「ぢいちゃん」と呼ぶ。むこ達はまだ「お父さん」。

老妻は家で「ぢいちゃん」。他所《よそ》へ行った時は「お父さん」と使い分けている。どう云う譯だと聞く譯にもいかず、四十四年がすぎた。

# ちいさな愛

富山県魚津市　山本恭子《やすこ》〈60歳〉

我が家のちいさな庭に、すずめ達が、チュンチュンと遊びに来る。

長い間の仕事のストレスが加わり神経を病んでしまった主人が、今まで気づかなかった新聞配達の音や、鳥の声、犬のなき声が気になるようになった。

会社を辞めて、ようやく仕事のことを忘れかけた時、動物に興味を持ちはじめたのだ。この頃では御近所に犬の散歩をさせてほしいとか、すずめにえさを与えることに喜びさえいだくようになったのです。

朝、庭に出るやいなや主人の肩にまとわりつかんばかりのすずめ達よ、

「毎日、訪ねて来て主人の心を癒《いや》しておくれ」

私や子供達でさえ真似のできなかったちいさな愛が、こんなところにあることをやっと知りました。

## 自由がほしい

千葉県船橋市　岩田好子〈67歳〉

もう十二時まぢか、「七円の唄」の声が聞える。

我が家は、金物雑貨店をして生計をたて、子供を育て、家も三回建て直して、今は三階建て。十七年のローンも返済は昨年済んだ。動かぬ商品と少々動きの悪くなった高齢者となった二人が細々とやっている店。時代の流れに逆らうかのように、相変らずの手書き伝票だ。

国民年金を頂き、高齢者グループの活動にはできるだけ出ている。

「店を閉めたらボケる」と主人。「そろそろ自由がほしい」と私。

朝のラッシュに「行ってらっしゃい」と夫を送り出せば自分の時間という生活が、できなかった。今日はレジには未だ一円の入金もない。逃げ出したい気持ち。主人の健康だけを思う。

## 発覚

千葉県市川市の消印

結婚して三十二年、三人の子育ても終了。

これからは、夫婦二人で静かな生活をと考えていた時、主人の愛人の発覚。

私のおどろき、悲しみ、とまどい、二人で築いてきたものが、がたがたとくずれかかる。主人のわびる姿、なさけなさと怒り。許さなければと思いながら、わびしさが、心いっぱい広がる。

これからの人生、自分を大切に、自分のことを考えて生活しようと心にちかった。

# 心の栄養

東京都練馬区　岡和子〈54歳〉

夫が倒れて入院してしまった時。心配で、おいおい泣いていました。でも、「自分も倒れたら大変だ！」と思って、一生懸命食べたんです。何を食べてもおいしくなかったけれど、泣きながら食べたんです。なのに、体重はどんどん減っていきました。

今、夫が退院して、平穏な日々が戻ってきたら、何を食べてもおいしくて、胃袋が二倍になってしまったのか……と。もうこれ以上太っては困るので、食べたいのをグッと我慢するのですが、それでも何故か体重が増えてゆきます。もしかしたら、幸せも一緒に食べているのでしょうか？

心の栄養って、すごいんだなって、しみじみ感じています。

## シャンソンの切符

東京都練馬区　成田きよ子〈67歳〉

弱い体をいたわりながら質素な身なりで毎日働く。

それでもいいの。隣には寝顔安らか、心やさしい夫がいる。


「モシモシお元気ですか。暫《しばら》くね」

時に喧嘩《けんか》もするけれど、心の悩み打ち明けて何でも話す仲よき友がいる。

シャンソンを聞きに来ませんか。

切符が二枚、うれしい便り。田舎暮らしの私達。


黄色いパンタロンスーツを買いました。夫は一張羅の背広着て。

ブラボーブラボー。拍手の渦に酔いました。なんて素敵な贈り物。

# わかれ

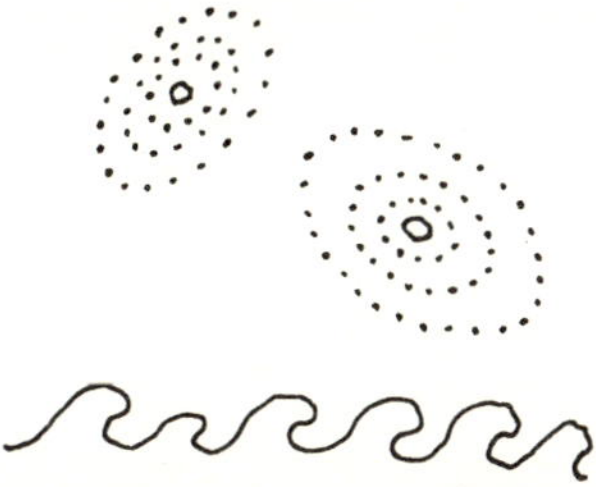

まぶたのうらに
あふれる海は
どんな心の沖へ
帰っていくのでしょうか

眼をとじて
眼のなかの引き潮を
ひとり見つめる時
きこえてきます
宇宙のうたう歌が

――崎　南海子

# 六輔談話

## わかれ

別れをテーマにした曲があったり、映画があったりします。たいていのドラマもそうでしょう、別れる場面がクライマックスになったりします。

でも、逆にいえば、それは出会うということ。「めぐりあい」という、この本のタイトルもそうだけれども、別れないことには会えないし、会ったら別れなきゃいけないしという別れと、それからその別れを惜しむタイプの人と、どんどん楽しく別れてくタイプの人といると思うんですね。

世間一般でいうと、「別れたからお気の毒」というふうにいうけど、「別れたからお幸せ」という人もいっぱいいいるわけですよ。

ですから、「別れ＝悲しい」とか「別れ＝寂しい」というふうにつなげないほうがいいと思います。

世のなかには僕が見てても、「これは別れたほうがいいのに」と思えるような夫婦はいっぱいいますから。

だから、あえて勧めないだけの話であって、それを当人が自覚すれば、別れることでどれだけ幸せになるかわかりません。「別れ＝寂しい、悲しい」というのは、演歌にお任せしておけばいいと思います。

# 夫が見てる

山梨県中巨摩郡　大久保喜久子〈67歳〉

夫がいつも黒い枠の中で私を見ている。右へ左へと私を追う。十七年前の若い顔で……。きれい好きで、優しくて、おしゃれな人。

私もあと僅《わず》かで七十代に入る。いつの日か私も、あの横に並ぶ時が来る。

「こんなおばあさん知らないよ」と言われないように、今日もせっせと顔をマッサージする。

しみもしわも、長年生きられた勲章なんだと思いながらも、やっぱりいつまでも夫に喜ばれる女でいたいと思う。

# 待っています

東京都小平市　片山径子《みちこ》〈58歳〉

あなたが帰って来るのを待っていたのに。
あなたと一緒に図書館に行ったり、けやき並木を走ってみたり。
お友達の家へおしゃべりに行ったり、お夕飯のお買物に行ったり。
そして、短歌の会に行ったり、そして……そして……。
でも半年の闘病生活の末、あなたは、とうとうもどって来なかった。
私の背中にあなたを乗せて、金木犀《きんもくせい》の香りにつつまれ、虹色の空をどんどん
走って行きたい。
やっぱり、私、あなたのことを、ずうっと待っています。車庫の片隅で……。
あなたの赤い自転車より

# 最後のプレゼント

広島県大竹市　村本純子〈67歳〉

突然私が倒れ、脳の手術をし、歩けなくなった時、あなたは命が助かったのだから仕方がないと思っていたそうですね。何も知らない私は、きっと歩けるようになると思っていました。

丁度その頃、あなたは車椅子を注文したことを話しましたね。私は猛烈に反対し、頑固にいらないと言いました。「きれいな靴をはいて歩くから」あなたは切なそうな顔して黙っていましたね。あれから二カ月たった、冷たい風の吹く春の日、私の前から遠くへ旅立ってしまいました。

あの車椅子は最後のプレゼントだったのに断ってしまい、残念な思いを胸に秘めて、九年間リハビリに通い、いつか歩いてみせるぞと思って、今日も歩く練習にはげんでいます。

## まつ毛が濡れる前に

愛知県知多郡　森田洋子《ひろこ》〈46歳〉

私は、夫の葬儀以後、大泣きしたことがない。

どうしてこんなにも気丈なんだろうと自問しながら、とにかく働いた。

それでも、義兄が最後の田を植え終えようとした時、込み上げるものがあったが、奥歯をぎゅっとかみ締めた。今夜、お風呂に入って思いきり泣こうと。

しかし、まつ毛が濡れる前に眠ってしまった。

ごめんなさい。やっぱり私、薄情者です。もうじき、百カ日ですね。

# 大きな買物袋

千葉県松戸市　小倉温子《あつこ》〈60歳〉

近くに住む親しい友人が逝って一年になります。誰もが認める良妻賢母だった彼女ですが、中でも料理の腕は抜群でした。

初七日にうかがった時、馴《な》れない手つきでお茶を淹《い》れて下さった御主人様。友人は自分がガンとわかった時、料理や買物を教えようにも、その気力がなくて……とこぼしていた。

ところが先日、近くのスーパーで、大きな買物袋を手にした御主人様を久しぶりに見かけました。何故かほっとするとともに、熱いものがこみあげてきました。きっと彼女も安心しているでしょう。

頑張ってください……と心の中でさけんでいました。

# ななめ向き

東京都東大和市　永田まつえ〈62歳〉

外は雨が降りつづいている。
私は一人で雨音を聞いている。
友人もなく、まちがい電話でもよいから、かかってこないかなと心は淋《さび》しい。
主人が亡くなってもう八年がたつ。
前向きに生きようと思うだけで、今日もななめ向きに生きている。

# 小さなポスト

埼玉県さいたま市　小島正江〈60歳〉

小学校の教員をしていた娘が小さな位牌《いはい》になって一年半。

婿殿が、お墓の片すみに小さなポストを置いてくれました。

そのポストに、子供達の入試の報告やお母さんからの子供の成長の様子、思い出話など、さまざまな手紙が入っています。

「あの頃、先生が話してくれたことが、今やっとわかりました」

「先生はいろいろなメッセージをくれたよね。高校生になってあれもこれも先生の言った通り……」と金髪のプリクラ写真の愛ちゃんの便り。

バイトの悩みや進路のことなどなど。

いつも花いっぱいのお墓を見ると、三十三歳のみじか過ぎた人生だったけれど、娘は中味の濃い人生を送ったのだと、近頃思えるようになりました。

# 悔しい母

静岡県静岡市　新村敬子〈61歳〉

私、遅ればせながら六十の手習いでダンスを始めました。私にとっては、びっくりぎょうてんものです。だって、今までは、すべてが日本調で、千利休を偲《しの》びつつ、茶の湯と扇でのんびりと。

それが突然息子に先立たれ、頭脳が粉砕。皆様の支えで、まともになったので、「バカもん、息子には負けないぞ」とばかり、今、ダンスに夢中、ワルツを踊ってます。

悔しいから母さんは百歳まで生きてやるぞと、息子に文句ばっかり言ってるので、先日夢で「母さん、ぼくは耳が痛いよ」と言ってました。一年すぎたから、そろそろ許してあげるよ。君の好きなオフコースの「さよなら」を君からのプレゼントとして聞いて。でもやっぱり、悔しい、くやしい母です。

# 最後のそうめん

広島県福山市　坪野《つぼの》クニエ〈77歳〉

今年も冷たいそうめんのおいしい季節がやってきた。そうめんにはせつない思い出がある。

平成十年八月、あの日はうだるような暑い日であった。

ちょうど嫁が忙しくしていたので、息子が夕飯のそうめんを作ってくれ、家族八人でおいしく食べた。

それからほんの二十分余りの後、突然息子が倒れた。私はどうしようとつぶやきながら息子の名前を呼びつづけたが何の反応もなかった。病名は脳幹出血。手のほどこしようがないと先生から言われた時、私は立っているのがやっとで一歩も動けなくなった。

そして慌しく二日が過ぎ、冷蔵庫のなかの小さなざるに入ったそうめんを見つけて、これがあの子が作ってくれた最後の食べ物かと思うと捨てるにはあまりにも忍びがたく、のびて冷たいだけのそうめんを涙をぽろぽろこぼしながら食べた。

それから二日後の朝早く、息子は、中二を頭に四人の子を残して、静かに息を引き取った。

あの時、泣いていた子供達も心身ともに大きく成長し、今日もその明るい笑顔に励まされて、私は畑仕事に精出している。

# めぐる悲しみ

福岡県北九州市　林桂子〈66歳〉

仲良しだった弟は、三十一歳で亡くなりました。

その頃、私は夫の両親の介護や子育てで、悲しさも、いつの間にか忘れて、
日常の雑事に追われて、二十年が過ぎました。

去年の春の終わりに、息子が三十三歳で亡くなりました。

あの時の母の心情が、今頃やっと解《わか》りました。母は彼岸に居《お》ります。可愛がっていた孫に出会えたのでしょうか。

今年も、また春がやって来ます。

# 時はとまらない

宮城県桃生郡　髙橋和子〈64歳〉

徒歩十分の墓地。一カ月前、椿の花が満開だったのに、今、藤が薄紫の花を咲かせていた。

我が家にあんなつらい悲しい夫との別れがあったのに、時がとまったかと思っていたのに、季節は休むことなく初夏になっていた。

昨日とうってかわって朝からの雨。子育てしながらの会社勤めで、少しでいいから自由時間がほしいと思った頃がなつかしい。

夫が写真の中から、「お前が元気なうちに自由時間が出来たんだから、大事に思ったように使いなさい」と云っているよう。二人で使いたかったのに、残念！

# スイカを買う

千葉県鎌ヶ谷市　吉良《きら》恵子〈63歳〉

今年の夏の思い出は、スイカを衝動買いしたこと。

夫の存命中は果物嫌いで買わなかったのに。

暑い日、農家の出店の前を自転車で通ると、大きなスイカを売ってます。

一人暮らしなのに九百円で買いました。量ってみると五キロ。

さっそく、とうちゃんの仏前に供えました。

ケチなお前がよう買ったと夫は驚いたことでしょう。半分をお裾分《すそわ》けして存分に食べました。

夫が逝《い》って三年目。果物好きになりつつある私です。

# 好物たくさん

埼玉県富士見市　村田美生子《みおこ》〈67歳〉

久しぶりに、ゆっくり心をこめて、まな板を使いました。

もう半年になります。主人が亡くなって。

だから、まな板を使っても心がこもらずいたのです。やっと、今日、まな板に心からむかうことができました。

まな板の上には主人の好きだった新ごぼう。大好きだったきんぴらごぼうを作るためのごぼうがのっています。時々やはり手がとまってしまいます。

佛壇に、きんぴらごぼうをそなえましょう。その時は、笑顔で、お話しましょう。そうそう、今日は大好きだったらっきょうもつけました。

# すきとおる季節

古い都のはずれの御堂は
まっすぐな光につつまれていました

眼をふせた仏像のほほがふっとゆるんで
それは数百年のかなたからの微笑み

はりつめた秋を肩でおして
すいっと一歩前へすすみます
ひたいにかすかに触れるもの
私が歩くと風がうまれます

——崎　南海子

# 六輔談話

## すきとおる季節

日本は春・夏・秋・冬という季節の変わりめごとに、風俗、習慣、あるいはお祭り、あるいは着るものから食べるものまでが変わっていきます。一年中夏とか、一年中冬、あるいはその逆という国がたくさんあるなかで、この温帯でわれわれが生きているということは、とても素敵なことです。

移り変わる季節を楽しめるわけですから。

今までは、「衣替え」という言葉があったり、あるいは「旬《しゅん》」の食事があったりして、変わる季節と暮らしが、密接にくっついていたんだけども、最近、食べ物も一年中出てくる、暖房、冷房がきいていると、着るものもあまり変えずに済んでしまうために、「季節の移ろい」というものを楽しむ余裕がない。余裕がないから、それが合理的なんだという考え方もあるし、寒い時には寒く、暑い時には暑く、その季節の移ろいを楽しむことが大切なんだという考え方もあると思うんですね。

でも、忙しければ、季節の移ろいなど感じやしないし、かといって、季節の移ろいだけを感じて生きてる人がいたら、それもやはり寂しいと思うんですよ、とっても。つまらない暮らしだと思うんですね。だから、季節の移ろいに対して、「ここはもう受け止めない」、「これは受け止めよう」という好き好きがあると思います。

春・夏・秋・冬、あるならせめて、春から夏に変わる瞬間が好きとか、暮らしのなかでしっかり受け止めてほしいと思いますね。

# 車窓の秋

宮城県仙台市　佐々木ちい子〈65歳〉

四十年ぶりの奥羽《おうう》線に乗った。
知らない町を各駅停車の電車で通った。
ススキが風にゆれていた。
木の葉がきらきらと光っていた。
山間《やまあい》に滝が見えた。
稲の穂は輝いて、栗の実がたくさん実っていた。
夫婦で野菜を作っていた。
子供のカモシカがこちらを見ていた。
やがて私の街についた。
ありがとう・秋・ありがとう

# さんまめし

埼玉県熊谷市　篠木《しのき》千恵子〈59歳〉

風がどこからか木犀《もくせい》の香りを運んでくる。

この季節になると、亡き母が作ってくれたさんまめしを懐かしく思う。

お釜にさんまを丸ごと並べ、酒としょうゆで水加減し、火で炊き上げた素朴なごはん。食べる直前に頭と骨と内臓を取りのぞき、ザックリまぜたもの。

あつあつのご飯に、自家製の梅酢《うめず》で漬けた生姜《しょうが》のせん切りをのせてほうばる。

母さん、もう一度でいい……。食べたい！

# 茶髪の稲刈り

大分県東国東郡　青井淑子《よしこ》〈44歳〉

今年の稲刈りは息子が手伝ってくれました。

高校一年の息子は、やはり今時《いまどき》の子。稲刈りにジーパンはいて、スリッパはいて、茶髪の髪の毛を立てて出てきました。大きな声で歌を歌いながら、楽しそうにコンバインを器用に使います。

その姿を見ていた小学五年の娘がひと言。

「お兄ちゃん、すげえなあ。大きくなって会社をやめさせられても農業すればいいから、いいなあ！」おもわずふきだしてしまいました。「でもねぇ、農業じゃ食べていけないからねぇ」と言うと、「そうなん？　でも、いいやん、次の仕事が見つかるまで農業して食べていけば！」

娘の言葉に何か心が軽くなりました。

# おしゃれなかかし

宮城県栗原郡　二階堂《にかいどう》あき子〈55歳〉

秋のおだやかな時間が流れています。

こうべをたれていた稲穂も、刈りとられ、ひろびろとした中にとりのこされたように、かかしがたっている。

そのかかし一つ一つのファッションが違っていて、通勤中の楽しみである。

ぼうしにブラウスにミニスカート、ああ、私「負けた」

マフラーにパンツルック。これまた、私「負けた」

でも、あっちのかかしのファッションよりは、私の方が格好いいかな……。

今日もまた、かかしのファッションショーのなかを、私は走りぬけていきます。

# 月夜と菊と

宮城県古川市　早坂幸子《さちこ》〈50歳〉

ふと目が覚め、障子の明るさにもしやと戸を開けると、まるいお月さま。

寝静まって明かりも消えた近所の家々、縦横にのびた道すじ、木々まで、くっきりと照らし出している。

冷たい空気にカゼをひきそうな予感がしつつ、月と月夜の美しい風景に見入りながら、ふと、朝になったら摘んで食べようと思っていた畑の黄色い菊の花が頭に浮かんだ、
待てよ。きっと、菊の花も月見をしているかも……。咲いてる間、月見をさせてあげよう。そんな自問自答をしながら別のおかずを考える。

静まり返った外に、私の大きなクシャミがひとつ響いた。

あわてて戸を閉める、美しい月の夜。

## 津軽のお嬢さま

青森県中津軽郡　清藤和賀子《せいとうわかこ》〈43歳〉

私の家では、りんごを作っている。

今年の家のりんご、見た目はあまりよくない。作っている人に、似たのだろう……。

いいところへ、お嫁にいけるりんごもあれば、ジュースになるのもある。土に帰るのもある。くだもの屋さんで、白いキャップに入れられ飾られるきれいなお嬢さまのようなりんごもある。

私は、ひと目見て「おいしそう」と言われ、すぐ買ってもらえる、りんごを作りたいなぁ。

岩木山《いわきさん》は今日もおだやかに、津軽平野を見ていてくれます。

## ブルルとダラリ

愛知県名古屋市　後藤雄三《ゆうぞう》〈56歳〉

秋が本格化すると、早朝、外気にふれてブルルと寒さを覚える。一瞬、脳の筋肉がひきしまる。これが気持ちいい。

ここしばらくダレてしまった生活だった。今、ひさしぶりに精神が回復した。ところが陽が高く昇ってしまって、生暖かい風が吹いたりすると、緊張がダラリと緩む。しかたないもんです。

## 固いおにぎり

群馬県佐波郡　谷川嘉美〈36歳〉

小学二年の息子が、学校で作ってきたおにぎりを持って帰った。食いしんぼうの息子が、二つ作った一つを残して持ってきてくれた。

学校の田んぼで田植えをして、鎌《かま》を使って収穫し、脱穀したお米を使って作ったおにぎり。アルミホイルにくるまったおにぎりは、野球のボールくらいでまんまるだ。一所懸命に握ったらしく、石のように固かったが、とてもおいしかった。

どんな顔をしておにぎりを握ったのだろうか?

半分ずつしようかといったら、ニコニコしてた。

# 御苦労さん

山梨県東山梨郡　三沢末子《すえこ》〈62歳〉

岩の峰の山に登った。

五人で二六三歳、年金クラブと名付けている。頂上まで約三時間、周囲を眺める余裕もなく、はいつくばってあがっていった。

山梨百名山の瑞牆山《みずがきやま》、二二三〇メートル。

頂上からの景色は何ともいえない。紅葉と真青な空、南アルプス連山、八ヶ岳連山、雲の上に乗ったようだった。

どこからか、白いハトが一羽飛んで来て、岩の上にとまった。御苦労さんていってるようだ。

おおぜいの人が苦労して登り詰めた狭い頂上、イヤッホーと叫ぶ人、たおれこむ人、さまざまの思い出をつくった秋の一日。

## ペン先ひとつに

静岡県浜松市　川井英二《えいじ》〈38歳〉

「神さまっていないのかしらね？　あんなに小さな子があんな目にあって」店の椅子に座ってテレビを見ながら妻が言います、私はだまって万年筆の修理をしています。「バチというのは当たらないもんなのかね、あんなに人のお金を勝手に使って。あんたにバチは良く当たるのに」よけいなことまで妻はいいます。私は目にルーペをあてがったまま、うわのそらの返事をします。心が動くと手元が狂うので、言葉をそのまま受け流します。

昨年は手の加減が悪くなった古くからのお客さんに「他の道具にしたら？」と万年筆をやめさせました。私三十八歳、妻三十六歳。万年筆の専門店ながら、この道具の死に水を取ることもあろうかと、日々の仕事を続けます。ビルの谷間に、小さな凧《たこ》が上がっているのが見えます。

# 新春かるた会

東京都足立区　鈴木君江〈59歳〉

「霧立ちのぼる秋の夕暮れ……」「はいっ、ありました」

恒例の我が家の新春かるた会がありました。

九十二歳の私の父が読み手をしてくれます。そして賞金を出して孫たちを喜ばせています。昨年より今年の方が賞金が多いのです。それは父の入歯がなく〝ぬ〟だか〝む〟だか解《わか》らない読みがあるからかもしれません。みんな、大笑いです。

「もっと百人一首を勉強しておけばよかったなー」と思いつつ、一年がまた過ぎます。

来年も、おじいちゃんが元気で読んでくれるのを願っています。

# 節分行事

群馬県吾妻郡　高橋洋子《ようこ》〈57歳〉

孫の徹が待ちに待ってた雷です。

この町では、節分にまいた豆を神棚に上げて、今年最初の雷の日に食べる習慣があります。ずっと楽しみにしていたのです。

「ゴロゴロならないね、雷さん、早くこないかな、でも、こわいんだよ。小ちゃいゴロゴロさんでいいからね」

孫は豆をおいしいおいしいと食べて外へ。虹が山から山へ、降る霧に陽が差しきれいでした。何にでも興味を持ち喜ぶ孫のために、なるべく昔からの行事は続けようと思っています。

この行事は、災難除《さいなんよ》け、魔除けと聞いています。

# この秋に包まれて

宮城県仙台市　佐藤成子《せいこ》〈47歳〉

家の前の街路樹が真っ赤になる、秋の紅葉に包まれた我が家が好き。毎日、落ち葉を袋につめても、つめても、つめても、つめてもなくなることはない。サクサクと秋の音。秋色のジュータンだ。袋につめていると、一枚、一枚のきれいな葉っぱがささやく。秋！　秋！　秋！　秋！　袋のなかが秋でいっぱいになる。一生を終えて、こんなにきれいに散ることもできるんだ。部屋に戻ってコーヒーを片手に、まだ残りの命いっぱいにしがみつく紅や黄、緑の葉を窓からながめる。ここだけは、にぎやかな秋。さびしい秋のイメージをかえてくれる。今日も一日、この秋に包まれていたい。

# 餅つきの歴史

長野県岡谷市　山田まさ子〈69歳〉

結婚して四十七年、暮れのお餅を毎年つき続けた。臼にひびが入りカスガイでそれを補強した。ある時は水が減ったのを知らず火をたき続け、すっぽり釜の底が抜け、火がボーッと上った。いかけ屋さんに治してもらい、また使い続けた。几帳面な姑様は、餅は神様に上げる神聖な物としていろいろこだわりを持って居り、良く注意され、頭にきたこともあった。いつの頃からか親戚が集まり十五人もの祭の餅つきとなった。年と共に、子供達に餅つきをまかせて、成長して行く子達を見る親の喜びになった。

今年を最後に餅つきは止める話が出はじめた。老いては子に従えである。四十七年の餅つきのさまざまな思い出をこの白いお餅につきこめようと、一生懸命餅つきに参加した。

# 一番大切な人

静岡県焼津市　塚本裕見子《ゆみこ》〈42歳〉

バレンタインデーの夜、高二の長男が、ガールフレンドから、手作りのチョコレートケーキをもらってきました。

家族の分も入っているからというので、テーブルに広げながら、「皆の分まで、なんか悪いわねぇ」といいますと、「せっかくだから食べてやって・・・」とひとこと。その言葉に「この子の一番大切な人は、今までは私達だったであろうに、今はこの女の子なんだなぁ」としみじみと思いました。

でも、ケーキをいただいた後、「ママはくれないの？　母親としてさっ」というので、心の中で「むふふっ！」と笑いながら、用意しておいたチョコレートを出してあげました。

## 道に迷った春キャベツ

山形県山形市　武田利子〈50歳〉

赤信号で車を停《と》めた。

ふと前を見ると、横断歩道のまん中に春キャベツが一個ゴロリ。

「落とした人が取りにくるのかな?」と思い、あたりをキョロキョロ。誰も取りに来ない。隣りのドライバーは男性（こんな時、男性は決して拾わない）。

私は急いでシートベルトをはずすと、すばやくキャベツを拾い、車に乗ったとたん青信号で発車！　女性五十歳のなせる業《わざ》。

もちろん、このキャベツは、我が家四人の夕食の野菜炒めに、おひたしにと大活躍。とっても甘くおいしい春キャベツの恵みをいただきました。ごちそうさま。

# ある日のわたし

まっしろなため息をついて咲いた花
もくもくと立ちつくす陽炎《かげろう》
方向おんちのちぎれ雲

いち日　そんな
まぶしいものになって暮したい

やさしい言葉をつぶやく前に
やさしいと頭で考える前に
もうすでにやさしいものになって

――﨑　南海子

# 六輔談話

## ある日のわたし

一年には三六五日があって、全部、三六五日の一つ一つが、「ある日」です。
それはあとから考えると、何にも記憶に残らなかった日もあるでしょうし、
それから忘れられない日になる日もあるでしょう。だけど、忘れられない日がたくさんあって、三六五日忘れられないという人は、たぶん、三六五日、全部忘れているのと同じだと思います。
だから、毎日毎日の暮らしのなかで、「ある日」といういい方よりは、やはり「その日暮らし」という言葉もあるぐらいで、その日暮らしで生きているといういい方もあるんだけど、「日」で捉《とら》えないほうがいいと思いますね。

「ある日のわたし」というよりは、「わたしのある日」のほうが、大事だと思うんです。私が主役になってってほしいんですね、ある日が主役じゃなくて。そうすると、まず私がいて、その私がある日どうしたか。たぶん、この「ある日のわたし」というのは、同じことをいっているんだと思うんだけれども、でも、「ある日のわたし」といういい方と、「わたしのある日」といういい方では、意味が違ってくるぞということが大事だと思うんですね。

# おばちゃんの夢

山形県天童市　岩瀬勝子〈55歳〉

おとなりに住んでいる小学一年生のちいちゃんは一人っ子。彼女は兄弟が欲しくて、我が家の生後八カ月になる孫のお姉ちゃんになってくれています。ある日、突然私に「おばちゃんの夢はなに?」と強烈な刺激を投げかけてきました。一瞬ドキッ。すぐに返事できないでいる私に、またも二度目のパンチ。「おばちゃん、いまからの夢でもいいんだよ」と。

これ、誰と誰の会話?と、数日間、複雑な心境でした。まだまだ遅くはありません。大きな夢を持ちましょう。

# 旧友と

愛知県豊橋市　木村明子〈67歳〉

「探したわよ、元気」四十数年ぶりの彼女の声。

「それが元気でないの。半月板の損傷で手術。やっと退院出来たと思ったら、またもや入院。でも入院も満更ではないわよ」と暫《しばら》く沈黙。

でも思いきって、「それがね、素《す》敵《てき》な人と出会えたの……話聞いてくれる」

「うん、聞いてあげる。温泉に入ってゆっくりとね」

「何処《どこ》にする、信州はどうかしら」「いいね。私、今一人なの」

「私も、もう一人なの」お互い気楽な旅になりそうね。

信州は、その昔二人が同時に愛した人が住む土地。その方とも会えたらいいのにと心の中でつぶやいて電話をきった。

## ないしょのワイン

東京都東久留米市　馬上献子《まがみみちこ》〈52歳〉

「今日は十三日の金曜日だけど、私はクリスチャンじゃないから気にならないわ」と娘に云ってみる。

「十三日の金曜日よ、パソコンは大丈夫？」と夫に聞いてみる。

実は私の誕生日。やんわりと気づかせてみる私……。皆、気がついているけれど黙っているようだ。

五十二歳にもなって、祝ってもらうのも照れくさい。

でも夕べ、冷蔵庫の中にこっそりワインを入れている夫を見た。「晩ごはんなぁに」とたずねる娘の声も聞いた。今晩はちょっぴり御馳走《ごちそう》にしようかな。

# 金運サイフ

愛知県津島市　伊藤妙子〈52歳〉

ある朝、ずしりと重いチラシの中に「金運を呼ぶ財布」という見出しが目についた。

「こんな財布があったら私もほしくなるなあ」と、息子にいうと「そんなに良いものなら、みんなが金持ちになり幸せになってるよ」と軽くあしらわれた。

今までに占いの本、風水の本などを買い込んだが、金運の神様にそっぽを向かれたらしい。

二人の子供が適齢期になり、友人の子供の結婚話が耳に入ってくる。

毎日、数時間のパート勤め。何とかならないものかといろいろ考える。私の両親が何不自由なく準備し、嫁がせてもらったことを感謝するこの頃です。

# 映画館まで

宮城県仙台市　白鳥美恵子〈64歳〉

左足に障害を持ってから早いもので十二年。老化と共に両足に力が入らなくなって、散歩も外出もおっくう。これではいけない、ひとり暮らしに大きな影がさして来たようだ。

そこで思いついたのが趣味の映画。今まではレンタルビデオで見ていたのを映画館で見ることに決めた。行き帰りは格好のリハビリの場となり、上映の二時間は体を休めながら楽しめる。一回限りの勝負なので一生懸命になれる。殊に洋画は脳の働きが良くなるかもしれない。今では馴《な》れてきたのか、字幕も早く読めるようになり、音楽の素晴らしさもキャッチできるようになった。シニア料金で、ふところはさほど痛くない。ちかごろ足に力強さが感じられるようになった。

# 雪のおかげ

埼玉県秩父市　笠原キヨ子〈55歳〉

今年は三十年ぶりの大雪、三十年前のその日も大雪だった。

お見合いが約束されていたその日。

一日中降りつづいた雪は夜には四十センチ。

お仲人さん宅で待っていたその人は、多分この雪じゃ来ないかもと……。

お仲人さんも、この雪のなかを来る娘なら気丈でしっかり者の娘だと言っていたと。

私は病弱な母の心配を押し切り、「大丈夫、一人で行って来るから」と防寒着と長ぐつで仲人宅を訪れ、驚かれた。

その根性に惚れ込まれ、仲人さんは我が家にお百度を踏み、両親を説き伏せ、今三十年の結婚生活があります。幸せです。

# 人形の顔

徳島県徳島市　竹宮悦子〈64歳〉

阿波人形浄瑠璃《じょうるり》を伝承している地区にある、勝浦高校の園芸部で買いもとめたシクラメンが花を咲かせている。

人形浄瑠璃をはじめてもう何年になるだろう。人形を使い始めて三年過ぎ、物語の内容を知ることで人形使いの技に艶《つや》が出るかも知れないと義太夫《ぎだゆう》を習いはじめた。「傾城阿波の鳴門《けいせいあわのなると》」を憶《おぼ》えるのに三年の月日がかかった。われながら年齢には勝てないと、はがゆく思えてくる。

声に、物語の内容に、すこし艶が出てきたかなと思いはじめていた頃、人形の頭《かしら》と対面してみた。無表情の顔に表情が浮き出てくる。そして語りかけてきた。しかも私の心のなかまで入ってきた。恐ろしくて身震いしてしまった。まだまだと思った。

# 責任

東京都狛江市　榎戸《えのきど》武子《たけこ》〈53歳〉

こんな時代に誰がしたの？
年を重ね来ると、近くよりもずっとずっと遠くが見える。
おさげの頃に学んだこと、やっとわかるようになった。
いつか来た道に戻らぬように、呟《つぶや》くだけではいけない筈《はず》と思いますが、
見えないふりをいたしました。
耳を塞《ふさ》いでおりました。良妻賢母も捨てました。
こんな時代にしたのは私。

## そのひとこと

北海道苫小牧市　大内妙子〈40歳〉

八十歳になる母がひとこと
「よーくここまできたもんだ」
四十歳になる私にひとことといって実家にもどりました。
何かがすぅと軽くなって、身体の中にまっかな血がながれたようだった。
いきものをみても、トマトの苗をみても、子供と話しても主人と話しても、
なにげないひとことが言える自分になった気がする。

# 魚になった日

神奈川県横浜市　佐藤ヒサ子〈68歳〉

私は病院へ診察に行った。広いロビーのまんなかの一メートル以上もある水槽は満々と水をたたえ、悠々と熱帯魚が泳ぎ廻《まわ》っていた。私は院長先生の許可をえて、水槽の中にどぼーんと入り、魚たちと泳ぎはじめた。おどろいた魚たちは、胸をつんつん、腰をばたばたとすりよってきた。仲良しになって一日中楽しく遊びまくった。

しかし夕方、家々にあかりがともりはじめると、主人や子供達のことが頭をよぎり、急いで人間にもどった。

やはり私は、風に吹かれ、雨に打たれ、太陽を背に受けて歩き、人と話し、笑ったり泣いたり、そして熱いお茶を飲み、お菓子をばりばり食べての生活、これが最高の幸せ。一日一日を大切に暮らそうと思う。有難《ありがと》う熱帯魚さん。

# 二度目の結婚式

石川県小松市　谷川和代〈48歳〉

実は今朝、ねぼうしたんです。その時に見たらしい夢の話。なんと私の結婚式の夢。列席者のなかには主人もちゃーんとすわっています。新郎はぜんぜん知らない人で「何歳?」と聞いている夢の中の私。五十三歳と聞いて「うっそ!　なんで結婚せんなんの」と言って大騒ぎ。そして「この料理、なんでこんなにけちったんやろ」あとはモヤモヤ夢のなか。朝ごはんを食べながら主人にこの話をすると「ほんとにお前らしい夢やな、性格出とるわ」ですって。あ〜夢でよかった。

## 魚屋に嫁いで

静岡県磐田郡　名波《ななみ》悦子〈45歳〉

魚の名前は、カツオ、マグロぐらいしか知らなかった私が、魚屋に嫁いで二十年。

今ではイワシ、タチ、コチ、ホウボウ、サヨリ、アジなどなど、顔と名前が一致するようになりました。区別がつきにくかったヒラメとカレイも進行方向に向かって目が左にあるのがヒラメ。右にあるのがカレイと主人が教えてくれました。

まだまだ。活造《いけづく》りは作れませんが、鯛やヒラメの活造りが作れるようになったらまた、おたよりしたいと思います。十年後になるか、二十年後になるか、わかりませんが、七円の唄とともに長い歴史でがんばります。

## 駆け落ちの遺伝子

神奈川県横浜市　藤井相子〈76歳〉

うちの家系には、どうも駆け落ちが多いように思います。

何しろ、おじいちゃんとおばあちゃんが駆け落ちです。

姉は十八歳の時さらわれ婚でしたし、妹は三度目の結婚が十一年下の男性との駆け落ちで、今、一等幸せそうです。わたしにも、メキシコで一緒に暮らそうと云ってくれた人が三十年前にはいましたが、勇気がありませんでした。

そして、今、ひとりぽっちの秋を過ごしています。

人生ってやっぱり自分で決断しましょう。あなたの勇気に乾杯！

# 天職

栃木県上都賀郡　飯塚みち子〈45歳〉

「おかあさんは農業が天職だね」と主人に言われる。本当は大嫌いだのにと思いながら二十年あまり。苺《いちご》を作っていると、ふと、やっぱりかあちゃんにはこれが一番かなと、思うことがある。自分でさえ思うのだから、誰が見ても楽しんでやっているように思えるのかもしれない。

こんな毎日の中、絵を描く時間と、幅の広い年齢の友と出会うことができた。木蓮《もくれん》の花、この花の色に魅《み》せられて、菜の花も、いろいろな風景を描いている。

「おかあさん、個展でも開けるようだね」と子供達に言われる。時間にゆとりがもてるこの仕事。やっぱりおかあちゃんは農業が天職かもしれない。

## 執着心

静岡県掛川市　川崎泰子〈52歳〉

初孫誕生以来、自分の年齢を意識しはじめ、「生きる」ということへの執着心が増してしまった。

人間ドックの再検査も、今まではいいかげんだったのに、今年は自分でもおどろくほど神経質になり、他の市の大病院へ行き、再検査を受けたりもした。

娘は「プラスに考えれば」というけれど、八十歳まで生きると宣言している私は、あと二十八年しか生きられない……と、心弱く思ってしまう。でも両親は、父八十四歳、母八十三歳と長生きしてくれている。「まだ二十八年も生きられる」と、心強く思うように頑張ろう。

# 私は私

三重県鈴鹿市　北川浩子〈58歳〉

パスポートを五十八歳にして手にしました。

仲良し三人組で三年間こつこつと積み立てをし、念願のイタリアの旅に出かけます。

しかし、しかし、パスポートの写真にショック。あ～あ～となげき、全国指名手配者よりも悪人顔。もう旅行も止めようかしら、パスポートもキャンセルしちゃおうかな……と、二日も三日も落ちこんでいました。

なのに、できあがったパスポートをみて、「きれいに写っとるやんか」と主人の一言。私はやっぱり私でした。おそまつ。

# はがきのなかの歴史

はがきは唄を運んできます
さまざまな人の生きてきた時間を
はがきは運んできます
美しい一日や心のうつりかわりや輝く涙を

そのせいか
旅してきたはがきはすこし重たくなって
空の匂いがしてます
手のひらのうえで
はがきはそれぞれの色でひかってます

——崎　南海子

# 六輔談話

## はがきのなかの歴史

この本そのものが、「誰かとどこかで」という番組の「七円の唄」で、まとまっていますが、その「七円の唄」に対して、たくさんの人が長い間、お便りを送りつづけてくださっていて、ある時、それがこなくなると、しばらくして、「あの方は亡くなったらしい」とか、あるいは、「引越しをして、放送が聴けなくなったらしい」とかいうように、それこそ風の便り。つまり、「亡くなりました」というご案内があるわけじゃないですから。

だから、お元気な時に、この番組とかかわってくださった記録という意味でいえば、毎日はがきをくださる方が何人かいらっしゃるんですね。ということは、その方のはがきだけでも、四〇〇〇通を超してるということもある。四〇〇〇通を超すはがきを、番組に届けてくださるありがたさというのも、確かにあるんですけれども、でも、たった一通しかいただいてないけれども、その一通が忘れられないという一通もあります。四〇〇〇通という数に脅かされているけれども、でも、その持続力って大したものでね、大変な方なんですが。

でも、そういうなかから、この飯島さんのはがきだけで章が組めるということは、やはり番組の歴史だし、しかもそれをちゃんとチェックしてた﨑南海子さんが、どれだけはがきに真摯《しんし》に付き合ってるかというのが、よくわかると思いますね。

一九九四年から二〇〇一年にかけて番組に届いた
埼玉県さいたま市　飯島茂代さんの九通の七円の唄から
はがきのなかの歴史をたどってみます

## 鈴の音

一九九四年　四月〈71歳〉

白内障の進む私を案じて、娘達がそれぞれ鈴を持ち寄って、私の持物に鈴をつけた。

診察券にも、お財布にも、玄関の鍵にもみんな少しづつ音の違ふ鈴をつけた。

一番大きな音に鳴る鈴は、お祭りに孫が腰につけた鈴。それを玄関の鍵につけて、外出の時はネックレスのように首から下げるようにとの事。家に帰ってからも鈴を外すのを忘れていると、お勝手仕事の時も家計簿をつけていても時折チリチリと鈴が鳴る。

先日訪ねて来た孫が「猫みたいネ」と一言云った。

# おうどん食べに

一九九五年　二月〈72歳〉

「今夜は手をつないで寝ようか」と私。「嫌だよ」とくるりと背を向けた夫。明日再入院ときまった夜、癌《がん》とは知らない夫。すぐに静かな寝息を立てていた。入院の日も一度も家を振返りもせず出て行った夫。そんな姿がむしょうに悲しかった。

そして病院のベッドの毛布の下では私の手をしっかり握っていた夫。「夕飯の仕度が有るだろう」と帰りを促した夫。

完全看護とは云いながら一晩の看病もさせず、秋の彼岸入りの日、本当の彼岸に逝ってしまった夫。

今日もコトコトと大好きなおうどんが煮えています。夢にでも良い。熱いおうどんを食べに来て下さい。外は寒い木枯しが吹いています。

# 夢のなかのツーリング

一九九四年　七月〈72歳〉

「婆ちゃん、どくだみ摘みに行くよ」と、夫はいつものようにバイクに跨《また》がって私を待っていた。夢の中の亡夫《おっと》。生前には「若い者のようだね」とからかわれながら良くツーリングをしたっけ……。車に弱い私も、夫が静かに走らすバイクだけは大丈夫。「婆ちゃんを乗せるのだから」と夫は90 ccのバイクを買い、お墓参りもお花見も釣りもいつも遊ぶ時は一緒だった。ゲンノショウコ、ヨモギ、ハトムギなど何種類かの薬草を混ぜた我が家秘伝のどくだみ茶。いつも二人で飲んでいたお茶。

又どくだみを摘んで干す夏が来た。夫はあの世に行っても、忙しさに忘れている私に年中行事を教えてくれる。

逢いたかった夫に今朝は又逢えた。

# 釣師の女房

一九九四年　十月〈72歳〉

「もう一度伊豆に行きたいなー」と遺言《ゆいごん》めいた言葉を残して、釣三昧《つりざんまい》の主人が逝って三年忌も過ぎたこの秋、娘や孫に誘はれるままに主人の写真を抱いての伊豆の旅。

夕方の散歩。大川の海岸の石の間に、小さな蟹《かに》が群れていた。ビニールの紐《ひも》を裂いて釣ろうとしても、手を出すとその気配に蟹が隠れてしまふ。「釣師の女房の勘だけど、これどう?」と私がいか煎餅《せんべい》を孫に渡した。

朝の海岸、いか煎餅《せんべい》を餌《えさ》に蟹釣りが始まった。煎餅の匂いにつられて小蟹が出て来るわ、出て来るわ。いか煎餅をはさみではさんだまま何匹でも取れる。孫も得意気に「俺も釣師の孫だね」の言葉に皆笑った。

袋に一杯の小さな蟹の命。朝の海に静かに返した。

## ピッカピカの世界

一九九六年　五月〈73歳〉

たった二日の入院でピッカピカの目に戻りました。

二十分の白内障の手術。二時間経《た》って眼帯を外すと、看護婦さんの顔が深い霧の中にポーッと見えました。ああ大変、それなりに見えていたのに、と後悔がよぎる。

穴の開いた眼帯から見える病室の霧がどんどん晴れて、ピッカピカの病室、ピッカピカの廊下、何も彼《か》もきれいな世界。同室の人もとても喜んでくれ、先生も「良かったですね、おめでとう」と笑顔で云ってくれました。

今朝、庭先のバラやジャスミンの花の美しさに感嘆の声を上げました。

# 三年が過ぎて

一九九五年　十月〈73歳〉

「あらあんたやっと笑えるようになったのね」と、暫《しばら》く振りに電話をくれた友人に云はれた。夫が逝って三年経った。この三年、泣いて泣いて、何を見ても何を聞いても涙、涙。

「あまり泣かないで。御主人、良い所へ行けないわよ」と云って呉れた友人。

「泣きたい時は思い切り泣きなさいよ」と云って呉れた友人。

「五十年、良いことも有ったんでしょう。私ずっと一人よ」ときびしい言葉の返って来た友人は婚約者を特攻隊に送って、それ以来ずっと獨身《どくしん》で来た人。

今思ふと、どの言葉もみんな私の支えになった言葉。三年と云ふ重い淋しい歳月。夫のことは決して忘れてはいません。でも笑い泣き、私なりのこれからの人生を大切に生きてゆきます。

# 太陽泥棒

一九九八年　一月〈75歳〉

家の前の四十坪程の空地を「買いませんか」と、周旋屋《しゅうせんや》が訪ねて来たのが十一月。値段は四千万円と軽く云ふが、一寸《ちょっと》買える金額ではない。

今度は私の家を「陽当たりが良いその空地へ移しませんか」と云って来た。

蝸牛《かたつむり》ではあるまいし、家などやたら動かせやしない。三度目は「この空地に家を建てたら、おばさん文句は云えないね」と云って来た。「法的に違反をしない」と云はれれば、こちらも文句を云える立場ではなくなる。

かくして暮に、吾が家に貼り付く如く、大きな鳥が翼を拡げたように、家の前面を塞いで高い家が建ってしまった。今はもう日照権と云ふ権利は無くなったと云はれるけれど、お尻に触っても罪になるのに、一日中電気を付け暖房も付けるようになった吾が家の苦情。誰が聞いてくれるのかしら……。

# 迷子のクロッカス

二〇〇一年　三月〈78歳〉

冬の間、土の少し入ったトロ箱を積み上げて置いた間から、チラチラと青い芽がのぞいていた。上のトロ箱を取り除くと、細い青い葉が伸びていた。今朝、庭に降りると、可愛らしい白い花が二つ咲いていて、中から赤い芯がのぞいていた。クロッカスだと思った。昨日は蕾《つぼみ》さえ見せなかったのにさぞ我慢して、咲きたかったのだろうと思った。

去年長女が「何の球根かわからないけど」と云って、チューリップの根方に埋めて行った球根だったのだと思った。

「御免なさいね、もう来年からは迷子にしないからね」と反省しながら、違ふ鉢に移し、クロッカスと書いた名札を立てた。

## 朝の蜘蛛

二〇〇一年　十二月〈79歳〉

冬枯れの庭を眺めながらお茶を飲んでいると、小さな蜘蛛《くも》が一匹、目の前に現はれた。寒いせいか動きが鈍い。

「朝の蜘蛛は放せ」と云はれているけれど、私は蜘蛛と毛虫は一番の苦手。ティッシュでそっとつかまえて庭に放した。

時計を見るとまだお昼前。「誰か来るかな」と思いながら、暫《しばら》く顔を見せない友達を思った。

「朝の蜘蛛　庭に放ちてたまゆらは　来る当ての無き人を思ふも」

本書はＴＢＳラジオ「永六輔の誰かとどこかで」の番組に寄せられたリスナーの方々の手紙をもとに構成・編集いたしました。本書に関するご意見・ご感想などお待ちしております。

【連絡先】
〒一〇一―〇〇六五　東京都千代田区西神田三―三―五
株式会社　朝日出版社　第五編集部　『めぐりあい　七円の唄　誰かとどこかで』
ＴＥＬ　〇三―五二一一―四―五六六二　　ＦＡＸ　〇三―三二六三―三六四〇

# 出会いと別れ

遠藤泰子

今から三十五年前の春、渋谷の並木橋でそれはそれは美しい方に出会った。和服をいかにも着慣れた様子で着こなし、どの角度から眺めてもため息の出るような綺麗な方だった。気取らず、ユーモアがあり、そして、大きな美しい瞳は人間としてのスケールの大きさを感じさせ、アナウンサーになりたての私は、何だかとても眩《まばゆ》いものを見つめるように、ずっとその方に見とれてしまっていたのを今でもはっきりと覚えている。

その美しい人の名は永昌子《まさこ》さん。

初めてご自宅にお呼ばれした時のことである。その後もこの時の強烈な印象が変わることはなかった。

でも……、永昌子さんにはもう二度とお目にかかることは出来ない。桜の咲く春を待たずに眩《まばゆ》いまま消えてしまわれたからである。

「誰かとどこかで」三十五年。永六輔さん、崎南海子さん、そして私遠藤泰子の三人は毎週顔を合わせるのが当たり前のように月日を過ごしてきた。だがふと振り返ってみると、その年月の中には、様々な出会いと別れがあったことに気づく。気づかせてくれるのはいつも「七円の唄」のお葉書。

嬉しい、悲しい、辛《つら》い、様々な思い出と重なり合う。欠落していた記憶のページが埋められる。時には涙まであの日と同じように溢れさせる。これはペンの動きのなかに心の声が大事に詰められているからであろう。別れの涙をしまい込む度に、お葉書を読み取れる心が少しづつ深くなってゆく。

それにしても、今年の桜はとても美しく、儚《はかな》げに見える。

# 時間の町で

嵜　南海子

台所の古びた木のテーブルで、私はよく仕事をします。原稿用紙やはがきの束に、ガラス戸いっぱいの光がふりかかると、小道を歩きたくなります。あれっ、向こうの空地から踏切りの音がカンカンと響いてきます。家を飛び出していくと、駅員のような制服を着た人がさけびます。

「まもなく時間列車が到着します。銀河行きではありません。過去行き列車です。はい、切符をどうぞ」

私のブラウスのポケットにはいつのまにか、空色の切符がのぞいてます。

「あなたとラジオ番組の〝誰かとどこかで〟がめぐりあった年行きですね。

三十四年と三ヶ月前、料金は庭の桃の枝三本です。はい、さがってください」

空地の雑草がゆれます。どんな列車がくるのだろう……。こんなことを、台所の窓から首をつきだして考えているので、仕事がなかなか進みません。

また春がめぐっていきます。


長寿番組といわれる〝誰かとどこかで〟の金曜日が〈七円の唄〉の日です。全国から届くはがきを読み続けて、私は十万枚以上とめぐりあっています。

永さんは、番組を聴く皆さんを同じ町内会の人たちといいます。それは一日に十分間だけラジオの電波のなかにある〝時間《とき》の町〟です。長く住んでいる人、時折訪ねてくる人、さまざまな人がいます。

私も、届くはがきの字と書き方で、たくさんの人と勝手に知りあいになります。エネルギィのある太い字や、いつも傾いている字など色とりどりです。

もし実際にその人と出会って名前をきいても、誰だかぴんとこないかもしれません。けれどはがきの宛名を書いてもらったら、ああっあの人だときっと分かるでしょう。

また、ひとりひとりの人生の歴史を垣間見ることがあります。例えば、ある女性は子供の育て方に悩む唄を送ってくれていたのが、いつか自分が病気になった唄から、子供が結婚した唄へと続きます。この人は今はほっと幸せそうだと、私は勝手にうなづいています。

この本では、そんな長いつきあいの人たちの代表をして、飯島茂代さんの八年間分のはがきを一章（はがきのなかの歴史）にまとめてみました。

また、〈七円の唄〉には古い官製はがきがたくさん届きます。引き出しの奥から昔のはがきがみつかると、ふと〈七円の唄〉を思いうかべてくれるようなのです。一銭五厘から四十円まで古いはがきは、この時間の町までの秘密の切符だと思ったら楽しくなります。

私の暮す町、鎌倉の季節は裏の小道ににじみだすように始まります。そんな小道沿いの庭に巨大な木蓮《もくれん》の木があります。ある春の夜、月光のなかに満開の木蓮の花が、電磁波を発する白い炎のように燃えるのを見ました。あまりの見事な光景に、私は毎年、その木を訪ねたのですが、ばらばらに花が咲いたり、とても小さな花だったり、十五年たっても同じ花にめぐりあえません。春はいつもめぐってくるのに、けして同じ春はこないし、宇宙には止っているものはないのだと実感します。

めぐりあいがあれば別れがきて、別れがあればめぐりあいがあります。めぐりあいましょう。例えば〈七円の唄〉という時間の町で。

宛先は、〒一〇七―八〇六六　ＴＢＳラジオ・誰かとどこかで〈七円の唄〉へ。

## 「誰かとどこかで」全国放送時間一覧表

| 地区 | 局名 | 略称 | 放送時間(月－金) |
|---|---|---|---|
| 北海道 | 北海道放送 | ＨＢＣ | 11：35～11：45 |
| 青森 | 青森放送 | ＲＡＢ | 11：15～11：25 |
| 岩手 | ＩＢＣ岩手放送 | ＩＢＣ | 11：25～11：35 |
| 秋田 | 秋田放送 | ＡＢＳ | 09：10～09：20 |
| 山形 | 山形放送 | ＹＢＣ | 11：25～11：35 |
| 宮城 | 東北放送 | ＴＢＣ | 11：40～11：50 |
| 福島 | ラジオ福島 | ＲＦＣ | 09：15～09：25 |
| 山梨 | 山梨放送 | ＹＢＳ | 11：05～11：15 |
| 長野 | 信越放送 | ＳＢＣ | 10：50～11：00 |
| 関東 | 東京放送 | ＴＢＳ | 11：35～11：45 |
| 静岡 | 静岡放送 | ＳＢＳ | 10：50～11：00 |
| 愛知 | 中部日本放送 | ＣＢＣ | 10：48～10：58 |
| 富山 | 北日本放送 | ＫＮＢ | 11：05～11：15 |
| 石川 | 北陸放送 | ＭＲＯ | 13：40～13：50 |
| 福井 | 福井放送 | ＦＢＣ | 11：35～11：45 |
| 広島 | 中国放送 | ＲＣＣ | 11：10～11：20 |
| 山口 | 山口放送 | ＫＲＹ | 11：05～11：15 |
| 徳島 | 四国放送 | ＪＲＴ | 11：10～11：20 |
| 福岡 | ＲＫＢ毎日放送 | ＲＫＢ | 09：26～09：36 |
| 長崎 | 長崎放送 | ＮＢＣ | 11：20～11：30 |
| 大分 | 大分放送 | ＯＢＳ | 10：25～10：35 |
| 宮崎 | 宮崎放送 | ＭＲＴ | 11：20～11：30 |
| 鹿児島 | 南日本放送 | ＭＢＣ | 13：15～13：25 |
| 沖縄 | 琉球放送 | ＲＢＣ | 10：30～10：40 |

2002年４月現在

**永 六輔——えい・ろくすけ**
東京・浅草生まれ。放送作家。ラジオやテレビ番組の
構成を手がける一方、作詞家としても広く活躍。
三六五日、放送のことばかり考えている。
泰子さん、南海子さんに長生きしてもらって、
「誰かとどこかで」の番組が長く続いてほしい。
桜は山桜が好き。お祭のようにたくさん咲いている桜並木よりも、
ぽつんと一本しか生えていない、孤高の桜が好き。
著書はたくさんあって挙げられない。

**﨑 南海子——さき・なみこ**
東京・本郷生まれ。詩人、放送作家。
昨年はルネサンスの絵画をみに、晩秋のイタリアへ。
アッシジにて雨上がりの果てない田園地帯を見て感動。
自分の重心のありかが見える一人旅を続けていきたい。
桜は小学校へ通う道に、一本だけ咲く木に魅せられたのが最初。
「ここに桜があったのか！」という意外な所に、
一本だけ咲いているのが好き。
ひさしぶりに詩集を出したいと準備している。

**遠藤 泰子——えんどう・やすこ**
横浜生まれ。TBS入社ののち、フリーアナウンサーとなる。
三台目のパソコンを購入、パソコンで原稿を書くほどの上達ぶり。
今では生活必需品になりつつある。
桜は夜桜が好き。とくに真下から見上げる桜の花。
桜の季節は「命」を考えてしまう。
一本はさみしすぎるので、たくさんの桜があるほうが好き。
最新刊「プロアナウンサーの『聴く力』をつける55の方法」
（PHP研究所）が好評発売中。

七円の唄　誰かとどこかで

# めぐりあい

二〇〇二年四月二十五日　初版第一刷発行

編著者――永六輔・﨑南海子・遠藤泰子

発行者――原雅久

発行所――株式会社 朝日出版社
〒一〇一―〇〇六五
東京都千代田区西神田三―三―五
電話〇三―三二六三―三三二一
http://www.asahipress.com

印刷・製本――凸版印刷株式会社